桑原武夫と「第二芸術」

―青空と瓦礫のころ―

鈴木ひさし

創風社出版

桑原武夫と「第二芸術」

――青空と瓦礫のころ――

桑原武夫　日本放送協会にて（1940 年）

『桑原武夫集 1 （1930 ～ 1945）』（岩波書店　1980 年）

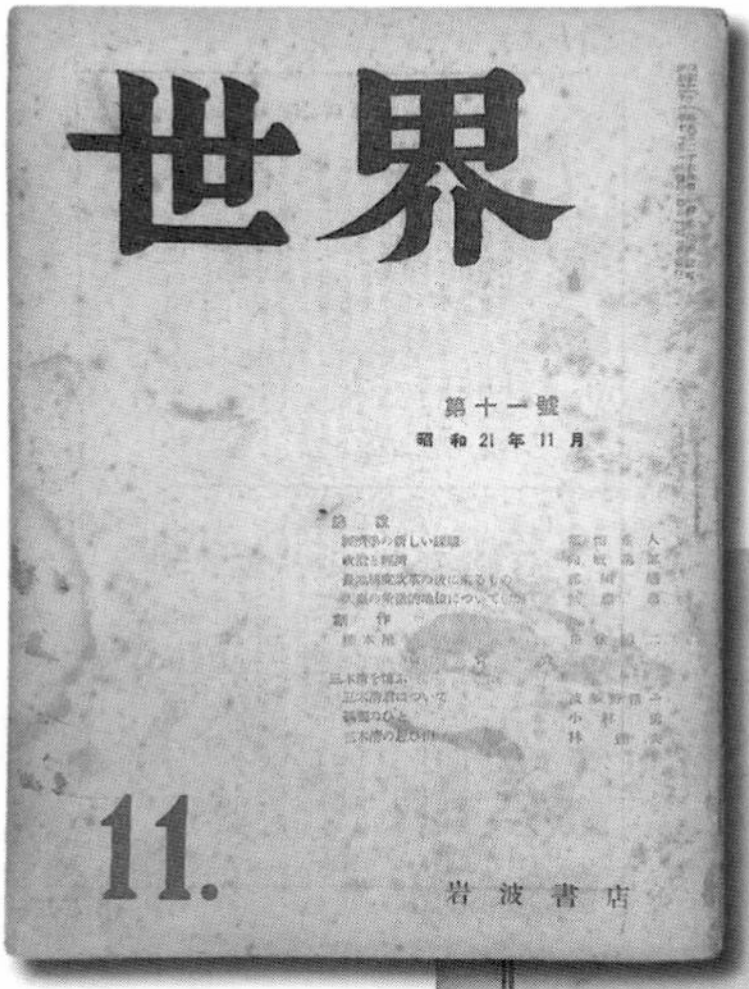

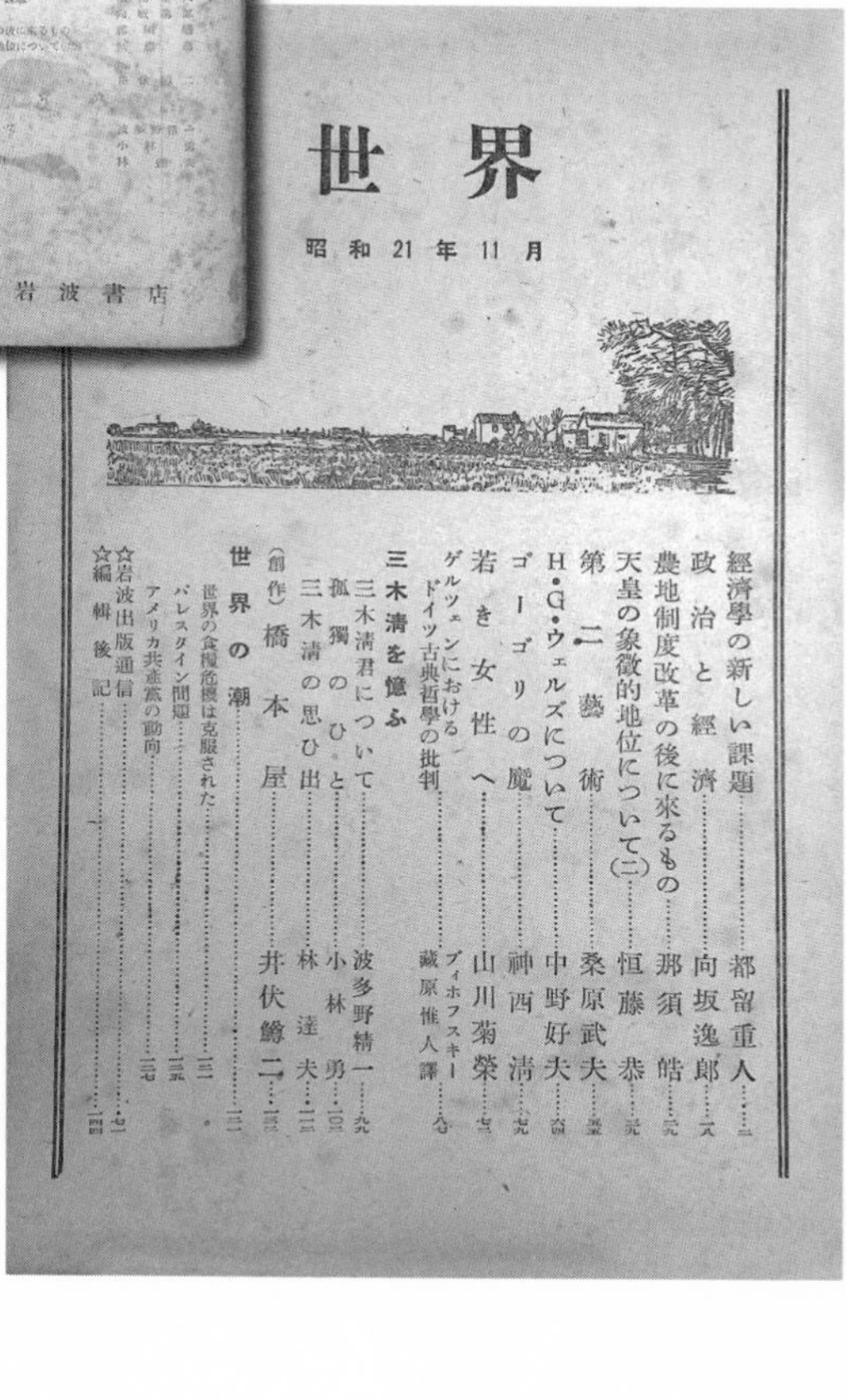

世界

昭和21年11月

「第二芸術」が掲載された
『世界』1946年11月号
表紙と目次頁 （岩波書店）

戦後の風景 1946 年 11 月 3 日翌日「新憲法公布記念祝賀都民大会」

戦後の風景　闇市（東京・新橋駅近く）1946 年 2 月

太平洋戦争研究会編著『フォトドキュメント　本土空襲と占領日本』

（河出書房新社、2015 年）

はじめに

桑原武夫（一九〇四～八八）の遺族が京都市に寄贈した蔵書約一万冊を、京都市教育委員会が、無断で廃棄していた。そんな記事が、二〇一七年四月二十八日、新聞各紙に載った。

桑原武夫といえば、俳句に関わる人なら、すぐに「第二芸術」を思い浮かべる。雑誌『世界』（岩波書店）一九四六年十一月号に掲載された桑原武夫「第二芸術―現代俳句について」（以下「第二芸術」）を、同時代の俳人たちは真正面に受け止めた。この評論をめぐる論争が一つの結節点となり、俳句は新たに出発したということもできる。

もし、「第二芸術」が書かれなかったとすれば、その後の俳人たちはどのような試みをしただろうか。

桑原武夫の没後三十年以上が過ぎ、「第二芸術」の発表（一九四六年十一月）からは七十年以上経った。

言葉は、常に何らかの文脈とともにある。一つの文章の中だけでなく、他の文章や、書かれた時代へ、文脈をたどっていくと、言葉は新たな意味を持ち始める。今や「俳句用語」として整理されているかに見える「第二芸術」は、どのような文脈で書かれたのだろうか。

かつて広く読まれた、桑原武夫『文学入門』（一九五〇年、岩波新書）の「はしがき」には「私はデューイ、リチャーズおよびアランから、多くのことを学んできた。」とある。

一九四六年十一月の桑原武夫「第二芸術」を、もう一度書かれた時代と場所に置きなおし、デューイ、リチャーズ、アランはもちろん、桑原の言及した芭蕉、三好達治、鶴見俊輔にも文脈をたどり、読み直してみたい。

これがこの本の趣旨である。

桑原武夫と「第二芸術」―青空と瓦礫のころ―

目次

終章　澄み透った青空の下の「第二芸術」　175

第一章　桑原武夫と時代　―「第二芸術」まで

桑原武夫は一九〇四年（明治三十七）五月十日、日露戦争の年に、福井県敦賀市の母の実家で、長男として生まれた。

父桑原隲蔵《じつぞう》は、東洋史学の樹立者といわれ、高等師範学校の教授であった。そのため、幼時は東京で育った。その後、父隲蔵が当時の清国に留学したため、母の実家のある敦賀で育てられた。五才の時、父が京都帝国大学教授となってから後は京都に移り住んだ。

桑原武夫の文章には、父について語った部分が数多くある。『桑原武夫集10』（岩波書店、一九八一年）の「索引」では、三十七カ所ある。これは、アランの五十九カ所には及ばないが、リチャーズ十七カ所、デューイ十九カ所、鶴見俊輔の二十九カ所より多い。例えば、「第二芸術」に関わって、一九六九年一月〜六月、一九七〇年一月〜六月、『文藝春秋』に連載された「思い出すこと忘れえぬ人」の中で、桑原は次のように書いている。

私の父は、基本的に儒教主義であり、典型的明治人としてヨーロッパには崇拝的敬意をはらい、日本の伝統芸術は、浄瑠璃などは若干の文句を覚えるくらいの教養はありながら、ばかにしていた。私が戦争直後、「第二芸術」や歌舞伎批判を書いたのは、もちろん自発的に発想したつもりであり、若さのせいでまずいところがあったにしても、基本線は変えようとは思わない。しかし、読書についていては全く無干渉だった私の父が、数回口をはさんで排撃したのは、伝統文化的なものであったことを考えると、無意識のうちに影響をうけていたのではないか、と恥ずかしい気もするのである。

（「思い出すこと忘れえぬ人」『桑原武夫集8』一四六〜一四七頁）

また、「『三国志』のために――吉川幸次郎君に――」（一九四二年）にも、父の話が出ている。

ただ楽しみのために二十回以上も反読した小説はと考えると、この『三国志』以外に思い当るものがないのである。思えば関張の徒はまさに三十年来の朋友、改めて懐しさの増すのを禁じえない。

ている。その上、彼らの武勲はまず父の声を通して毎夜私の耳朶を打ったという特別な事情をもっている。お話に対する私の無際限な欲望をみたすのに困じはてた父は、『三国志』を講ずるという適切な手段に想到し、一日私を携えて寺町の竹苞楼にゆき、『通俗三国志』を買い与えたのであった。その包みを持たされて、昔の木造の丸太町橋を渡った記憶は今もあざやかだが、それは小学校に入る前後であったろうか。

（『桑原武夫集1』五二一～五二二頁）

十八歳の時、旧制中学四年修了で第三高等学校文科丙類に入学。フランス語が第一外国語であった。この時の同級生の一人に、詩人の三好達治がいる。

一九二三年（大正十二）九月一日、十九歳の時、関東大震災が日本を襲う。その後、一九二五年（大正十四）四月、二十一歳で、京都帝国大学へ進学、専攻として学んだのはフランス文学であった。大学進学の直前の三月、「国体」の変革の動きを取り締まる治安維持法と、満二十五歳以上の男子全員に選挙権が与えられる普通選挙法が成立した。

大学在学中の一九二七年（昭和二）三月、震災手形の処理をめぐって、当時の蔵相の失言からいくつかの銀行の不良な経営状態が暴露され、取り付け騒ぎが起こり、金融恐慌となった。

一九二八年（昭和三）年、第一回の普通選挙が行われ、無産政党から八名が当選した。直後、治安維持法は改正され、最高刑は死刑となった。また、それまで警視庁内におかれていた特別高等課（特高）が、道府県の警察にも設置された。

日本社会の激しい動きの中で、大学生活を送った桑原は、同年三月、京都帝国大学を卒業し、大学院に進学、四月には大谷大学予科教授となっている。桑原は、「自己解説」（一九五四年十月、創元社『現代随想全集』第二十巻月報）で、当時のことを次のように書いている。


大学卒業と同時に大谷大学予科の教授となって教室へゆくと、私より年上の学生が二人いて困った。それが岩倉政治、本間唯一の両君である。

（『桑原武夫集4』二一一頁）


その後、一九二九年（昭和四）九月、第三高等学校常勤講師となり、一九三〇年（昭和五）三月、大谷大学予科教授を辞任している。

一九三一年（昭和六）三月、桑原は、第三高等学校講師を辞任。同月に、アラン＝フールニエ『おもかげ』の翻訳を、『詩・現実』第四冊に発表、五月には、京都帝国大学文学部非常勤講師（フランス語初歩）となっている。

一九三一年（昭和六）五月、父桑原隲蔵《じつぞう》が死去する。

ともかく私は二十六歳で父を失ったとき、同情に感謝しながらも早く独立、自由になれたのはよかったと思っていた。

（前出「自己解説」、『桑原武夫集4』二一四頁）

このように、桑原にとって、父の存在は、どこか、自身の独立や自由を阻む存在であったようだ。「自由になれた」と思った、その十五年後の「第二芸術」も、先に書いたように、「無意識のうちに影響をうけていたのではないか」と、後に振り返ることになる。

一九三一年（昭和六）九月十八日、奉天郊外の柳条湖で、関東軍は南満州鉄道の線路を爆破、これを中国側の仕業と発表、軍事行動を開始し、満州事変が始まった。

一九三二年（昭和七）三月、大阪高等学校フランス語科講師となる。同年五月、『スタンダールの芸術について』を『思想』に発表、九月、大阪高等学校教授となる。

ここは、自由主義の三高とちがって官僚風なところがあり、たとえば教官食堂では校長を最上席に、以下左右に対面して月給順にならんでめしを食うのであった。私は末席から一見して、教頭と次席教授とは校長から等距離には坐っていない、といったら、長年いる隣の先生が、そんなはずはないという。空席のとき計って見たら、はたして教頭の椅子は校長に数センチ近くおいてあった。仲よくしていた仏語主任の本田喜代治さんが、満州国を批判したといって生徒に密告され、憲兵が来て、間もなく依願免官になるというような嫌なことが色々あったが、私はさきの椅子の距離を計ったのに類するイタズラで心をまぎらし、五十嵐達六郎、野田又夫両君のような哲学の秀才や、伊東静雄、田中克己両君のような詩人と交わって、教わることが多く、いやな時代だなと思いながら、けっこう楽しく暮らしていた。

（前出「自己解説」一九五四年、『桑原武夫集4』二一一〜二一二頁）

この年の五月十五日、海軍青年将校の一団が、首相官邸を襲い、当時の犬養毅を射殺した。いわゆる「五・一五事件」である。

一九三三年（昭和八）年、七月、スタンダール『赤と黒』上巻翻訳（岩波文庫）刊行。後に桑原は、『文学入門』で「私はデューイ、リチャーズおよびアランから、多くのことを学んできた。」と書いたが、同年十二月には、アラン『諸芸術の体系』第十巻のみを翻訳、『散文論』（作品社）として刊行する。

この年の三月、日本政府は、満州を「国」として認めない国際連盟からの脱退を通告している。

一九三六年（昭和十一）年五月、スタンダール『カストロの尼』（岩波文庫）の翻訳を刊行する。

この年の二月二十六日未明、北一輝の影響を受けた陸軍の皇道派の一部青年将校たちは、一四〇〇名の兵とともに首相官邸・警視庁などを襲撃し、大蔵大臣高橋是清、内大臣斎藤実、教育総監渡辺錠太郎らを殺害、永田町一帯を占拠した。「二・二六事件」である。

一九三七年（昭和十二）、三十三才の桑原は、四月から二年間フランスのソルボンヌ大学に留学する。桑原が、フランス留学を始めた年の七月七日夜半から八日早朝、北京郊外の盧溝橋付近で日本軍と中国軍が衝突し、日中戦争へ突入していく。

一九三八年（昭和十三）年四月、国家総動員法制定、議会の承認なしで戦争遂行に必要な物資や労働力を動員する権限が政府に与えられた。

一九三九年（昭和十四）三月、桑原はフランスからアメリカを経て帰国するが、その前に、パリ郊外のル・ヴェジネで、アランに直接面会している。

桑原の帰国から半年後、同年の九月一日、ドイツがポーランドに侵攻を開始、ポーランドと相互援助条約を締結していたイギリスとフランスはドイツに宣戦を布告し、第二次世界大戦が勃発する。

フランスから帰国して二年後の一九四一年（昭和一六）五月、アラン『諸芸術の体系』全訳を『芸術論集』（岩波書店）として刊行。六月、『フランス印象記』（弘文堂書房）を刊行する。

その半年後の十二月八日、日本陸軍はイギリス領マレー半島に上陸、海軍はアメリカ海軍の重要基地であるハワイの真珠湾を攻撃、同時にアメリカ・イギリスに宣戦布告、太平洋戦争に突入する。三日後、ドイツ・イタリアもアメリカに宣戦布告する。

一九四二年（昭和十七）年三月、京都帝国大学文学部講師を辞任する。

一九四三年（昭和十八）四月、『事実と創作』を創元社より刊行する。
同年十月二日、理・工・医・教員養成以外の大学・高等専門学校・高等学校・専門学校などの在学生の徴兵猶予が廃止、満二十歳に達した学生は十二月に入営・入団することになる。学徒出陣により多数の学生が、戦場に赴いた。同年十月二十一日、明治神宮外苑競技場で七万人が参加して行われた「学徒出陣壮行会」の翌月の十一月、桑原は、京都を離れ、東北帝国大学法文学部助教授（フランス文学）となり仙台に向かう。

一九四三年、三高時代の恩師河野与一先生に招かれて、東北大学の仏文学助教授となって仙台におもむき、一九四八年、現職の京大人文科学研究所教授になるまで、丸五年間そこに暮らした。大学には偉い先生がたくさんおられたが、私はとくに土井光知先生から多くを学んだ。リチャーズの偉大さを教えて頂いただけでなく、その健全な学究生活は私に無言の教示であった。法文学部だったから、中村吉治、高柳真三両君をはじめ法律経済の同僚と遊んでいるうちに、耳学問で若干その方面の常識がつき、研究所へ移って共同研究をするさい、大いに役立った。（略）
東北大学へ移るとき、寒冷の地で苦しいだろうといって下さる人もあったが、私は食料豊富な未知の世界へ一日も早く出発したかった。

（前出「自己解説」『桑原武夫集4』二一二～二一四頁）

一九四四年（昭和十九）二月、アラン『デカルト』の翻訳（野田又夫と共訳）を筑摩書房より、四月には、『回想の山々』（七丈書院）を刊行する。

この年の七月にはマリアナ群島のサイパン島がアメリカ軍に占領された。

一九四五年（昭和二十）三月十日、東京大空襲。同日、桑原の住む仙台も空襲を受けた。この日以外にも、仙台は、七月十日、七月十三日、八月十五日の三度、B29の爆撃を受けている。

特に、一九四五年七月十日の空襲について、太平洋戦争研究会編著『フォトドキュメント本土空襲と占領日本』（河出書房新社、二〇一五年）では、次のように書かれている。

昭和二十年七月十日午前零時三分、東北の中心都市・仙台に空襲警報が鳴り響いた。ところがその時、百二十四機のB29の先頭機はすでに仙台上空に侵入し、焼夷弾を投下しはじめていた。市内はたちまち炎につつまれ、炎熱地獄がいたるところで現出していた。

空襲は二時間、午前二時三分まで、二分から五分刻みで計二十五回におよぶ波状攻撃が続けられた。米軍の資料によれば、この夜仙台に投下されたのは高性能爆弾八個、焼夷弾九百十二トンで、投下爆弾総数は一万二千九百六十一発という。

この無差別爆撃で死者八百二十八名、負傷者三百八十五名を出し、二万三千九百五十六戸が焼失、市内の中心は壊滅した。空襲後の偵察写真からの判定で、米軍は仙台の中心街一・二二平方マイル（三・一六平方キロメートル）、全市の二七パーセントを焼き尽くしたと記録している。（同書六八〜六九頁）

三月にはアメリカ軍が硫黄島を占領する、四月アメリカ軍は沖縄本島に上陸、三ヶ月近い戦いの末、六月下旬には占領。八月六日広島への原子爆弾投下、八月八日ソ連が日本に宣戦布告、八月九日長崎への原子爆弾投下、八月十四日鈴木貫太郎内閣がポツダム宣言受諾、無条件降伏、八月十五日正午、天皇のラジオ放送で戦争終結が全国民に発表された。九月二日、東京湾内の米艦ミズーリ号上で、日本と連合国との降伏文書調印式が行われた。

一九四六年（昭和二十一）年一月一日、「新日本建設に関する詔書」が発表され、昭和天皇のいわゆる「人間宣言」が行われた。同年十一月三日、主権在民・平和主義・基本的人権の尊重を基本原則とする日本国憲法が公布された。

「第二芸術」が雑誌『世界』に掲載されたのは、まさに日本国憲法公布とほぼ同時であった。「第二芸術」が、雑誌『世界』一九四六年（昭和二十一）十一月号に掲載された当時、桑原は仙台にいた。戦争に深く関わったとされる「京都学派」とも少なくとも地理的には遠いところにいた。

桑原の生きた時代はもちろん、京都、仙台、フランス、アメリカ、あるいは福井県敦賀での生活や人との出会いが、桑原の人間性や、広く芸術を含むものの見方、学問に影響を与えていることは間違いない。

第二章　戦前の桑原武夫の文章から――スタイルとスティル

一「虚子の散文」

日本の国際連盟脱退通告の翌年、一九三四年（昭和九）一月二十五日付『東京帝国大学新聞』に掲載された、原稿用紙にして五、六枚の「虚子の散文」という文章がある。

ここで、桑原は虚子の文章を高く評価している。

桑原は前年の十一月号の『ホトトギス』に掲載された『釧路港』を友人にすすめられて読んで感心し、急にもっと読みたくなって古本屋で五六冊見つけて読んだという。おそらく一ヶ月程度の間にかなり集中的に虚子の文章を読んだ上で、「虚子の散文」を書いた、と考えられる。また、「前からこの俳人の小説は好んで読んでいる」と書いており、以前から、虚子の文章に関心があったようだ。

『物語りの家』を「希有の短編小説」、『釧路港』は、文章が「全く強靱でそれを支える思想がよほどしっかりしている」、「フランス写実派の正統はわが国ではそれを受けついだはずの自然主義作家よりも、むしろ当時その反対の立場にあったこの人（虚子）によって示された」と評している。

俳句との関連でいえば、虚子の文章は、「俳句による観察修練のおかげだとしても、そこから虚子の俳文のよさが生まれるものではない」と桑原は見ている。虚子は、俳句と文章に、それぞれはっきりと違った態度で立ち向かい、「文章はあくまで散文としてその行き方ですすみ、修練を重ねている」、というのが桑原の見方だ。

また、虚子の俳句に対する態度と、文章に対するめざすところの違いを、子規と対比して解説している。

子規は蕪村の「小説めいた句」である「お手打の夫婦なりしを更衣」を推賞するが、それに対して、虚子は「あまり喜ばぬ」。ところが、虚子の文章は、俳句と違って「常に人間をめざしている」、しかも「おだやかな顔をしながら実に深く人間をえぐっている」と、桑原は特徴づけている。

二　高浜虚子『新俳文』序文から

桑原は「虚子の文章は古くから声名があり、今度の『新俳文』も好評のようであった」と書いているが、『新俳文』とはどのようなものであったのか。

『新俳文』（小山書店、一九三三年十二月）の序文で、虚子はこう書いている。

俳句が花鳥を諷詠するやうに、人生を諷詠した短い文章を、最近二年間許り「ホトトギス」「玉藻」に載せた。其れを集めたのが此一篇である。斯んな文章も俳文といってよかろうと思ふ。本朝文選や鶉衣にのみ慣らされた読者は何といはるるか知らんが。

（『定本　高濱虚子全集』第八巻、寫生文集一、毎日新聞社、一九七四年）

俳句は「花鳥を諷詠」し俳文は「人生を諷詠」する、と俳句と俳文の役割をそれぞれ明確に区別している。これまでの俳文にない「新俳文」を書く意気込みである。

三　高浜虚子「S」、「其の男」、他

桑原武夫が、「虚子の散文」の文中で取り上げている『新俳文』の文章は、『S』と『その男』の二つである。その内容から見てみたい。

① 「S」

※

「私達」は、熊野巡りをしたが、新宮の駅で新聞を見ると、旧友の「S」が「私達」と反対のコースで熊野巡りをしていることがわかった。

「S」は「私」より三、四歳年長であるが、俳句界には「私」より遅れ、四十年前「私」が雑誌を出すようになった初めのころ、「私」の家に寝泊まりして雑誌の手助けをしてくれた。その後大阪に帰り、自分で俳句雑誌を出し、今では代表となっている。多少主張の異なるところもあり「S」と私の間も疎遠になりがちだが、どうすることもできない人間の運命とも見ることができる。「S」の古い弟子の「K」が大阪の「T」を伴い「私」の事務所に来たが、「私」は不在だった。「私」は、熊野巡りの後、大阪の宿に帰着するので電話で話そう、と「T」に葉書で伝えた。果たして、「T」から電話がかかってきて、旧情を暖めた。六十三、四歳の「S」は、雑誌の写真で見ると、頭の髪は真っ白で顔は割合に若々しい。「細君」は病没、四、五年前に若い女性と再婚。新宮で見た新聞記事によると、その若い「細君」と二人きりで巡礼姿で熊野巡りをしているらしい。

熊野川を遡航するプロペラ船の中で即興の句を作ることになり、移りゆく景色を俳句にまとめる努力も払わねばならなかった。プロペラ船を降りて「瀞ホテル」で昼食を済ませ、再び船に乗って瀞を下った。先に一度通った所に船が着いた時、一艘のプロペラ船が「私達」の船と行き違いに瀞の方へ遡って行った。「私達」のプロペラ船は本宮に着き、本宮に参詣し湯の峰温泉に着き、あづま家という旅館に宿泊した。宿帳を見ると、前晩まで「S」夫妻が二晩宿泊したことがわかった。女中の話では、二人とも、笈摺を着て、脚絆や手甲をはめ、草履履きであったという。「S」夫妻はあのすれ違ったプロペラ船に乗っていたのかもしれないし、どこかで行き違ったのかもしれない。近い所に来て会わなかったのか、もしくはでくわしても知らなかったのか、そんなことであるのも人生の寂しい事の一つであると思われた。「S」ばかりでなく、機会があって逢うことができればよい、逢うことができぬのもやむを得ない、と考える。

※

「私」は「S」に会いたいわけでもなく、「S」も会いたいと言っているわけでもない。すれちがいの話であるが、「S」と「私」との関わりと、「私」から見た「S」についての事情が詳しく書かれている。「S」という人物についての観察と「人生の諷詠」である。

②「其の男」

※

茶店を出ると、三、四人が、空回りしている自動車を後押ししている。「黒田」という男の車を運転手が洗車している間に、後車輪が沼のほとりの湿地にのめり込んでしまったようだ。三、四人ではだめだということで、「私」と他の二、三人も加わり車を押してみるが、埒があかない。

そこへ登場したのが、「其の沼に釣をしてゐた四十許りの苦味走った男」。茶色のジャケツに足には巻きゲートル、持っていた釣り竿二本を放り出してこちらに向かってくる。車を引き込んだことを問い詰める声は、低く鋭い。「其の男」が柱の古木を持ってきたりシャベルを持って下の土を掘り出したところへ、「印半纏を着た男」がいつの間にか手伝い始める。「其の男」は口汚く運転手をののしり、汗ばんだ赤ら顔に泥がついて、一層人相が悪くなっている。そこへ、「年を取った着流しの男」が現れ、うさんくさい目で見守っている。どんどん人だかりができ学生たちや茶店の女房も加わった。もう動くという見込みが確かになった時、自動車の持ち主の「黒田」は「其の男」の手に札を握らせた。「其の男」はその手を「印半纏の男」の方につきだして、その札を見せる。自動車は非常な勢いでそこを突破する。「其の男」は自動車を見送って喜んでいるふうでもなく、にがにがしげな顔で柱の古木を片付け始める。「年取った着流しの男」は穴を埋める土を積んだ車を引き、「其の男」はその後についている。「私」は茶店で休み、「その男」の場所を通ると、シャベルで地をならしている。「ご苦労です。あとをよく頼みます。」と「黒田」は「其の男」に声をかけるが、「其の男」は「黒田」を見ない。シャベルを動かし、さっきの老人は村長だという。しばらくして私の方にやってきた「其の男」は「私」を見るでもなく、口を利くでもなく、そのまま通り過ぎる。「其の男」の手に二本あると思ったうちの一本は、釣り竿ではなく、竹の尖に車のように鉤がついていた。

※

ぬかるみにはまって空回りしている車を一人の男が中心となって協力して動かした、という話である。歓声の上がるような話なのだが、そうではない。「私達」にとっての「非日常」は、「その男」たちのとっては「日常」の中にあり、「事件」は、「日常」を乱す異物である。札(現金)を介した人間関係が、この話の全体を決定している。「私」は、札を渡す「黒田」と受け取る「その男」をただ観察している。最後に視点人物の「私」の視線は「その男」ではなく、持っている「もの」に向けられている。

桑原武夫は、『S』、『その男』について、次のように評している。

『S』『その男』などを読んでみ給え。私は意地の悪いような、むしろ無気味な印象さえうけた。（中略）観察写実から出発した作家は完成に近づくと、その無私の眼をもって見た澄明な景色のうちに何か無気味なものを感じさせるものである。

（『桑原武夫集1』八三頁）

③「桐の木を伐ること」

『新俳文』には、「桐の木を伐ること」と題するこんな文章もある。

※

「新野漸《すすむ》」という男が、夏の初め、庭前に一本の桐の木を植えさせたのだが、一、二ヶ月後、「細君」が「庭に桐を植ゑると其處の主人が死ぬるといふことが本に書いてあるさうですよ。」と言う。「細君」の話の根拠となっているのは「お千代さん」の話である。「細君」は桐の木を伐ってしまうことを提案するが、「漸」は勝手にするがいい、と言い残して会社に出る。帰って見ると、そのまま突っ立っているのを見て「自分の残骸」が突っ立っているような心持ちがする。「細君」は「明日は是非伐らうと思ひます。」と言い、翌朝、朝食を食べているところに「植木屋」がやって来る。「一旦知った以上気持ちが悪くて仕方がない。是非伐って下さいよ。」と「細君」は言う。漸は「桐の木なんかに僕が負けてたまるもんか。此の儘に置いて置け。」伐ったら「その怨霊がこわい」と言う「漸」を長女の「縫子」が笑う。「植木屋」は「よく考えて御覧なさい」

と言って煙管をはたいて縁側を離れる。

※

ゆとりのある家族のなんということもない夏の幸福な二日間の話である。植物に関する言い伝えは様々にあるのだから庭に桐の木を植えると其處の主人が死ぬ、という話もあるのかもしれない。細君が、うわさや、迷信にとらわれ、不安になる人物として描かれる一方で、「漸」は、物事に対する一般的な見方より、自分自身の見方や判断を優先しようとするが、「こんな桐の木を罪もないのに伐ったりすると其の怨霊の方がこわいよ」と、「細君」とは別の「桐の木の怨霊」にとらわれている。

この本の最初の文章であり、虚子は、「人生を諷詠した」「新俳文」として書いたのである。その他、『新俳文』には、「境の町」「お一二」「松山鏡」「楠本老人」「大阪の墓」「蘆火」「箒草」「古江」がある。

虚子のこれらの文章に見える共通点は、視点人物を明確にした上での人間の観察である。桑原は、虚子の『新俳文』について、次のように書いている。

人間の感情にしても溌剌とした高貴なものよりも、むしろ冷淡な意地悪なものがよけいにしみ出る傾きがある。『新俳文』の作者がそこまできているというのではない。ただ、この一巻を読みおえたとき、ふとそんな理屈が頭に浮び、正直にいえば、その文章を愛する情とともに、作者その人の体臭とでもいうのか何かいやらしいものを感じ、へんな気持ちになったものである。

（『桑原武夫集1』八三頁）

桑原は、虚子の文章に、虚子の人間を感じ、読み取っているのである。

一九三四年桑原は三十才、前年十二月にアラン『諸芸術の体系』の第十巻のみを『散文論』と題して翻訳『散文論』を刊行している。この時、虚子は六十才であった。

④　箒草

『新俳文』には、「箒草」と題するこんな文章もある。

※

「彼」は箒草を頭の中に描き出して見て、一つの好ましい景色を想像して見ている。風を受けずに立っている姿、嵐のために吹き倒れ、起き上がろうとして曲がった形になった場合、踏み石のそばに生えているさま、物干の柱のそばに生えているさま。夏の短夜に庭に立っている箒草が、朝日がのぼり、天に沖し、西に傾くに従って、影の長さを変え、月がのぼり、月が天に沖し、月が山に入り、また、その影の長さを変えていく。こんな変化が繰り返されるが、一度もその箒草に露の下りているのを見たことがない。箒草に露がないと観ずることが、「箒草を頭の中に再現して見ることに働きをなすように思ふ。そこでかういふ十七字が生れる。」

箒草露のある間のなかりけり

箒草は、何もない庭のまん中に生えて居り、どうしても影法師も閑却することはできない大切な条件であるような心持ちがする。そこで「彼」はこんな十七字を作って見た。

箒木に影といふものありにけり

其のまゝのかげがありけり箒草

「彼」は一時間後に飯を食うことも忘れ、台風が東京を襲うかもしれぬことも忘れ、死がもう数年後に迫って来ていることも忘れている。箒草のことを考えているというよりも箒草の影のことのみを考えている方が適切である。

そうしてその箒草を一七字という形に再現しようという心で一杯である。一七字ということは皮膚の黄色いということと同じく疑うことのできない形であると思っている。これが「彼」の自画像である。

桑原は、専門のフランス文学のみならず、日本の俳句にも関心を持ち、虚子の俳文を文学史の流れの中で読んでいる。また、虚子の文章のすぐれているところは、文章独自に修練を重ねた結果だと見ている。

四　「山岳紀行文について」（一九三四年八月）

登山家でもあった桑原には、「山岳紀行文について」（一九三四年八月『山』）と題する文章がある。

この文章では、山は美しいもの、よいものと初めからきめてかかった文章に意味はない、紀行文は、単なる登高事実の報告や案内記としては存在理由がなくなったのだ、と桑原の強い調子の主張が現れている。「われわれはいまだに花鳥風月的な紀行文の過剰にむしろ悩まされている」「文学としての紀行文にはスタイルがなくてはならない。」「これからの紀行文には登山家の個性的なものが表れていなければならぬ」「常識的になった山を常識的に登っている人にスタイルはない」。また、「同時にいかなる行為でもそれが活字にされた以上、文学として取り扱われることも当然」と書いている。活字になることの重さの今日との違いもうかがわれる。

ここで注目するのは、繰り返される「スタイル」という言葉である。桑原は、「スタイル」を、決して「表面的な修辞学的意味」においてではなく、「登山家に独特の登り方があり、それが文字にあらわれたところ」という意味で使っている。

五「ラシーヌへの道」

第二次世界大戦勃発の六カ月前の一九三九年（昭和十四）三月、フランスから帰国した桑原の「ラシーヌへの道」という題の講演記録がある。この中では「スティル」という言葉が使われている。「スティル」はフランス語で、英語の「スタイル」と同義であると考えられる。

桑原は、「スティル」を次のように説明する。「あらゆる芸術は程度の差こそあれ約束」をもっており、（浄瑠璃の）「人形使いがそばにいるのは現実感を妨げるなどといってみても仕方がない、認めてかかる」しかないのだ。そういう事情は、個々の作家にも現れる。それが「スティル」なのだと。「芸術の理解はスティルにふれる」ことに尽きる。

「詩歌の世界でも不定型とか無季俳句とかをもとめるのが新式だという人の少なくない日本では、ラシーヌの理解は急速には望み得ないのではないか」と、ラシーヌを語りながら、日本の詩歌にも触れている。ここでも、一九三四（昭和九）年の「虚子の俳文」と同様、フランス文学を語りながら、日本の文学が念頭にある。

六「芸術家の実生活と作品」

一九四一年（昭和十六）八月『文学界』に掲載された「芸術家の実生活と作品」がある。掲載当時、桑原は大阪高校のフランス語教師であったが、後に、一九八〇年の『桑原武夫集』第一巻「自跋」で、次のように回想している。

最初の発表は口頭で行われた。真珠湾攻撃をこの年の十二月にひかえて、日本社会はまったく臨戦態勢にあった。大学にはまだ自由があったが、高等学校（旧制）には圧力が強くかかっていた。（略）倉石博士の国民服姿が印象的だった。

この「芸術家の実生活と作品」では、「スティル」がさらに強調されている。

芸術は私から出ても、必ず公につながらざるをえない。また公になることによってしか傑作となりえない。そしてその私を公に転ずるものがすなわち作家のスティルである。その個々の作家のスティルはあくまで個体的でありながら、しかもそれは作家の私生活の個々の事実よりも、（略）それぞれの時代の精神的スティルともいうべきものによって、大きく規定されているのである。いかに独創的な芸術家といえども、時代のスティルから脱することはできず、彼がいかに反時代的な、または空想的なことを書いても、そこに必ず時代は反映する。

また、スティルは「性急な理知」でとらえられず、フランスの古典劇、日本の能、人形浄瑠璃などのように、「慣れ」が必要である、という。つまり、傑作となるには作家個人の「スティル」が必要で、その「スティル」を読者が把握するには、「年季をかけて作品に慣れ親しむ」ことが必要だ、ということであろう。

倉石武四郎の国民服姿に象徴される時代の空気の中で、芸術とは何か、定義づける言葉を探す桑原の緊張感がうかがわれる。

第三章　アラン『諸芸術の体系』の訳者、桑原武夫

桑原武夫「第二芸術」には、アランに言及した部分が二カ所ある。リチャーズの手法に倣い、俳句一五句の作者を隠して同僚（東北帝国大学）と学生などに示し、意見を求め、「大家の作品」のわかりにくさについて述べた後、次のように書いている。

わかりやすいということが芸術品の価値を決定するものでは、もとよりないが、作品を通して作者の経験が鑑賞者のうちに再生産されるというのでなければ芸術の意味はない。現代俳句の芸術としてのこうした弱点をはっきり示す事実は、現代俳人の作品の鑑賞あるいは解釈というような文章や書物が、俳人が自己の句を説明したものをも含めて、はなはだ多く存在するという現象である。奇妙なことといわねばなるまい。芸術品としての未完結性すなわち脆弱性を示すという以外に説明がつかない。（略）（ヴァレリーの詩にアランが注解を加えている

ではないか、などといわないでもらいたい。ヴァレリーの詩は極度に完成して、完全に「もの」になっているから、アランが安心してその上に思想を展開してなぐさんでいるのである。アランの言葉に救われて詩が完成するというものでは全くない。

（『桑原武夫集2』一二八頁）

およそ芸術において、一つのジャンルが他のジャンルに心ひかれ、その方法を学ばんとすることは、あえてアランを引き合いに出すまでもなく、常にその芸術を衰退せしめるはずのものである。

（『桑原武夫集2』一三八頁）

すでに、アランの著書の一部を一九三三年に翻訳、刊行していた桑原は、二年間のフランス留学の後、一九三九年三月、フランスからアメリカ経由で帰国する。この後に書かれたのが「アラン訪問記」である（『思想』一九三九年八月）。この中で、「アランにだけは会いたいと思っていた。」と書いている。桑原は、帰国前に病中のアランを訪ね、アランは、桑原のいくつかの質問に答えている。

戦後、桑原武夫「第二芸術」発表の二ヶ月前、「理想」一九四六年九月号に掲載された文章は、「アランの政治思想」であった。この中で、桑原は、アランの「現代フランス思想界の長老」としての影響力の強さと誠実さについて強調している。また、この本の冒頭で触れたように、桑原武夫『文学入門』（岩波新書、一九五〇年）の「はしがき」には「私はデューイ、リチャーズおよびアランから、多くのことを学んできた。」とある。

「第二芸術」では、「芸術」「ジャンル」「方法」などという言葉とかかわってアランに言及している。

一　アランについて

アランはペンネームである。本名はエミール・オーギュスト・シャルチエ。一八六八年三月三日、フランスのノルマンディー地方に生まれた。日本でいえば、一八六七年生まれの夏目漱石や正岡子規より一つ年下、一九〇四年生まれの桑原からすれば、ちょうど父親の世代である。エコール・ノルマル・シュペリユール（高等師範学校）を二十四歳で卒業し、リセ（公立高等中学校）に赴任。一九一四年、第一次大戦が勃発、フランスはドイツに宣戦布告する。四十六歳という年齢にもかかわらず、アランは兵役を志願し、重砲兵として従軍した。一九一七年十月まで三年間従軍し、「戦塵の中で」書かれたのが、『諸芸術の体系』である。その後、リセ（高等中学校）に復職、六十五歳の定年まで公立高等中学校の教員であった。その後、一九五一年、八十三歳でなくなるまで執筆を続けた。

二　アラン『諸芸術の体系』の訳者桑原武夫

アラン『幸福論』は、日本でも親しまれ、よく読まれているが、桑原がしばしば言及するのは『諸芸術の体系』である。一九四一年、桑原武夫訳『芸術論集』（岩波書店）が刊行され、一九七八年、同じく桑原武夫による改訂版が『諸芸術の体系』というタイトルで刊行された。「第二芸術」のころのタイトルは、『芸術論集』であった。

『諸芸術の体系』（一九七八年）の「訳者後記」で、桑原は次のように書いている。

私はアラン発見の喜びを早く伝えたいと思い、卒読ではつかみかねる真意も翻訳の過程でとらえられるのではないかと考え、まず、最も感銘した第十巻『散文について』の訳を一九三三年の五月号から雑誌『作品』に連載したのであった。そして同年末、第十巻だけを『散文論』と題した小冊子として作品社から刊行した。その反響は大きかった。志賀直哉、岸田国士、谷川徹三などの諸氏から賞賛されたが、特に西田幾多郎先生は強い共感を示され、私が、訳文が難解すぎるという批判を受けましたが、というと、言下に、よっく解るさ、あれでわからん奴は頭が悪いんだ、といって仕事の継続を激励された。

同書を二〇〇八年に『芸術の体系』（光文社古典新訳文庫）として翻訳した長谷川宏は、桑原武夫の訳文について、「うまく前に進まぬ桑原武夫訳に苛々させられたわたしとしては、新訳に挑戦しようとの思いを固めることができた。」と「訳者あとがき」に書いている。

桑原訳『諸芸術の体系』の巻頭には、アラン自身による「日本における私の読者のための序、桑原君に、一九三九年十月十一日」と題する文章が掲げられている。はじめてアランを日本に紹介し、最初にアランの著書を翻訳したのが桑原武夫である。桑原が「芸術」を語るとき、当然、アランが念頭にあったと考えられる。

三　戦場で書かれた『諸芸術の体系』

『諸芸術の体系』「付注」で、アランは次のように書いている。

この作品は戦塵の中で、自分の気散じ以外の目的なしに、またいつか公衆の前に提出されることがあろうなどとは夢にも考えずに書かれたものである。そういう都合のよい条件は決して二度と出会えるものではない。

（桑原訳『諸芸術の体系』、岩波書店、四六一頁）

この『諸芸術の体系』は、従軍中、戦闘の合間に書かれた文章なのである。身辺に書物や論文があるわけでもない。あるのは、ペンと紙である。このことについて、同書を『芸術の体系』と題して翻訳した長谷川宏は次のように評する。

実際、戦場で書かれた芸術論など、歴史上ほかに例を見つけるのがむずかしい。が、アランは戦場の不自由さを嘆かない。あえて「好条件」だったとまで言う。他人の理論や教説にまどわされることのなかったのはありがたかったし、読者の反応を気にしなくて済んだために、思考を円滑に展開することができたのだ、と。自分の思索に自信をもち、思索を進めることに喜びを感じている人の言だ。

（長谷川宏訳『芸術の体系』、光文社古典新訳文庫、解説、五二四頁）

『諸芸術の体系』はこのような事情も手伝って、限られた人名、作品名、歴史上のできごとしか登場しない。読者は、文章中の抽象的な言葉に、読者の考える具体的な作品や場面を対応させて読み進めなければならない。ある意味では、その読者が想定する作品によって、この著書は評価が大きく変わるということもできる。

四『諸芸術の体系』の構成

桑原武夫訳『諸芸術の体系』は、次のような構成になっている。

日本における私の読者のための序
はしがき、
第一巻　創造的想像力について
第二巻　舞踊と化粧について
第三巻　詩と雄弁について
第四巻　音楽について
第五巻　演劇について
第六巻　建築について
第七巻　彫刻について
第八巻　絵画について
第九巻　デッサンについて

第十巻　散文について
付注、訳者後記、索引

以上である。

この中で、「第二巻　舞踊と化粧について」は、「第一章　軍隊の舞踊について」「第二章　乗馬その他の芸術について」と続き、「第十一章　人間身体の美について」で終わる。この「諸芸術」の分類だけでも非常に興味深い。

長谷川宏訳『芸術の体系』では、桑原訳の「第二巻　舞踊と化粧について」が「第二章　ダンスと装飾」となり、全体的に一つ一つの言葉をわかりやすく伝えようとする工夫が見られる。一方、先行する桑原訳には、桑原の日本語訳に対応する原文のフランス語、および該当する本文の頁が「索引」としてまとめられており、長谷川訳と比較することで、理解しにくい部分の言葉の意味がなんとかつかめる場合がある。（以下、桑原訳、長谷川訳とする。）

「第二芸術」（一九四六年）以前に、アラン『諸芸術の体系』をすでに翻訳している桑原は、「諸芸術」を「体系」の中に位置づけることを意識していたと考えられる。

五『諸芸術の体系』の目的

桑原訳の「はしがき」では、この本の目的が次のように書かれている。

ここに追求される目的は、おのおのの種の作品のもつ対立と個体的性格の力によって、この偉大な対象を、論理的ではないが現実的なその体系的統一のうちに知覚させることにあるのだから。

（桑原訳九頁）

一方、長谷川訳の「はじめに」では、同じ箇所が次のように書かれている。

この本の目的は、芸術という広大な領域を体系的に一望することにあるが、その統一性は論理的なものではなく、芸術ジャンル相互の対立関係と各ジャンルの独自性が織りなす即物的な統一性なのだ。

（長谷川訳一一頁）

六『諸芸術の体系』第一巻、創造的想像力について

「第一巻　創造的想像力について」の中で、アランは、想像力とは、「単に、また主として、

精神のもつ静観的な力などではなく、身体の混乱と同時に精神の中へ入ってくる誤謬と無秩序のこと」（桑原訳十三頁）を言い、「誤った知覚」（同二十四頁）と言う。つまり、想像力について否定的なのである。なぜ、想像力について考察する必要があるのか、ということについて、次のように書いている。

けだし、ある種の混乱は芸術に導くということを実感している人が多いが、それは錯乱は超克されねばならぬという意味においてのみ真実なのである。（桑原訳二九頁）

この後の内容を、長谷川宏は次のようにまとめている。

芸術家は、想像力を自由に羽ばたかせるのではなく、むしろ、想像力をたくみに統御し、曖昧な想念を明確な形あるものに――体の動きや、音声や、作品に――定着しなければならない。そうアランは考える。そして、想像力を統御するのに大きな力を発揮するのが、人間の体と、芸術制作のための道具と、作品のもととなる素材だ。そうした自然物や物質存在を拠り所としつつ想像力を統御し、人間の精神が生きてそこにあると確かに感じられるような、体の動きや物の形を作り出す。それが芸術という営みの基本的なありようだとアランは考えるのだ。

（長谷川訳五二七頁）

このように、『諸芸術の体系』第一巻、「創造的想像力について」は、『諸芸術の体系』の前提となり、アランが芸術をいわば定義づけている箇所である。

七『諸芸術の体系』第三巻、詩と雄弁について

まず、芸術に分類される「雄弁」とは何か。アランは、「公に語られる言葉というほどの意味」（桑原訳六頁）で使っているようだ。詩と雄弁の共通点と異なる点について次のように書いている。

詩は即興の少ない点において雄弁と区別され、同じ言葉の組み合わせでありながら無限の喜びを与えるものである。そして雄弁はおそらく即興詩の一種にほかならない。両者とも、節度と均衡のある声の記号の連続のうちに成立するものであって、注意力の負担を減じ、力を節約し、また、人間の声を現実の情念から脱却させるようになっている。人間の声は情念をきわめて自然に、しかもきわめて拙劣に表現するものである。

（桑原訳一〇三頁）

つまり、情念のままでは芸術ではないのだ。

また、詩は「洗練され規制された不変的な雄弁であって、共有的な思想に適するものである」（桑原訳一〇三頁）とも言う。

詩のリズムと音楽のリズムについては、次のように書いている。

音楽的リズムにおいては、時の分割が最も重要なことであり、やがて述べるように、和声においてもそうである。だから、音楽においては休止すら正確に時間が計られている。詩においては事情はこれと異なり、休止は朗読者の自由に委ねられる。だから音楽においては例外的なこと、すなはち時間の計られていない休止または音の引きのばしを伴う表情法や装飾が、詩においては普通のこととなるのである。（桑原訳一一〇頁）

それにしても、雄弁がなぜ芸術となるのか。アランは次のように考える。

雄弁の主要な働きは、これらの情念を一種の思想にまで高め、要するにそれらに定型と衣装とを与える点にある。聞き手が雄弁家を求める理由はここにある。聞き手は演説のうちに自分自身の先入見と嘲罵を、しかもそれらが理性的外見の下に構成されて現れることを求める。雄弁が一つの芸術であるのは、この点においてである。ものを教え、明らかにする限りにおいては、雄弁は学問にすぎぬのだから。（桑原訳一三四頁）

政治的雄弁家の芸術のすべては、こうした暗中模索の情念に方向を与えることにある。（桑原訳一三六頁）

八　『諸芸術の体系』第十巻、散文について

「第十巻　散文について」の冒頭には、こう書かれている。

すべて以上の諸巻において述べられたことから十分明らかにされるように、おのおのの芸術は、ことに芸術家の身体そのものを対象としない芸術は、相隣った芸術のうちに援助のようなものを求めようとしないばかりか、かえってそれらからみずからを切り離し、自己に固有な方法と目的のうちに、その力を見出すものである。（桑原訳四〇三頁）

この部分は、まさに、冒頭で引用した「第二芸術」の次の二つ目の部分に対応する。

およそ芸術において、一つのジャンルが他のジャンルに心ひかれ、その方法を学ばんとすることは、あえてアランを引き合いに出すまでもなく、常にその芸術を衰退せしめるはずのものである。

（『桑原武夫集2』一三八頁）

戦闘の合間に書かれたため、固有名詞のあまり出てこない『諸芸術の体系』であるが、「第十巻　散文について」では、次のようにいくつかの人名が登場する。

大作家の散文は同じ道によりながら、想像力を動かし、またその規制に成功し、そのようにして他の諸芸術と相きそい、またおそらくそれらはすべてに打克つことができるのだが、しかも決して他の芸術を模倣することはない。これは、モンテーニュ、パスカル、モンテスキューにおいて、またルソーにおいても、気づかれることであろう。もっとも、この最後の作家の散文は、あまりにも雄弁に近づくことが多いから、初心者の良い手本とはしにくいのではあるが。

（桑原訳四〇八頁）

この桑原訳の傍線部は、長谷川訳では次の通りである。

想像力を解放し、他の芸術と張り合い、他の芸術を模倣などせずにすべて乗り越え、想像力をうまく統御するに至っている。（長谷川訳四三八頁）

先に引用した「第一巻創造的想像力について」の「想像力を統御し、人間の精神が生きてそこにあると確かに感じられるような、体の動きや物の形」（長谷川訳）が、アランのいう大作家の散文には見られるということである。

「第十巻　散文について」の「第十二章　スティル論」では、次のように書かれている。

散文というこの危険な芸術において、真の教養は、力を失うことなしに控えめを獲得することを目的とすることは明らかである。われわれがよりよく知っている他の諸芸術の教えるところに従って、目標に直進して私は推測を試みる、すなわち精神上の仕事は、それが手仕事に似かよってくる程度に応じての、形式あるいはスティルに到達するものであると。われわれ人間の条件というものは、われわれの身体の構造上、ただ行動のみが情念を消し、心情の、さらに思想の、束縛を解くようになっているからである。私が、文章の学校は、製作することなしに瞑想にふけることの決してない、何か画家のアトリエのようなものでありたいと思うのは、このためである。

（桑原訳四五六頁）

九　アランの「スティル」（style）について

アランの著書には、桑原武夫訳と長谷川宏訳、二つの日本語訳がある。桑原訳でカタカナのまま表記される「スティル」（Style）には、長谷川訳では複数の訳語があてられている。二つの日本語訳をてがかりに、「スティル」の意味するところを考えることで、今日の読者は、いくらかこの「難解な」文章の理解に近づくことができる。桑原訳『諸芸術の体系』の「第十巻　散文について」には第十二章に「スティル論」が書かれているが、「スティル」という言葉は、次のように、他の巻、章にも使われている。（スティルの後の括弧内は、長谷川訳である。）

要するに、考えることは叫ぶことではないのである。衣装のもつ力を最もよく明らかにするものは、おそらく真の散文と最も美しい詩句の緊密さであろう。流行があのように自然にスティル（文体―長谷川訳、以下「同」）に赴くということが、いま理解されたであろうか。

（第2巻　舞踊と化粧について、第7章　流行について）

私はむしろ観念を事物により近く適合させて、芸術家は道具を動かしながらでなければ、瞑想に耽ってはならぬ、といいたい。このことは優れた家具をざっと調べてみるだけでよく解ることである。スティル（物に合う形―同）が最もよく認められるのは、恐らく家具の芸術においてであるから。

（第6巻　建築について、第6章　家具について）

衣装や装飾品がスティル（様式―同）をその純粋さにおいて保ったにせよ、建築こそスティル（様式―同）の師匠だといわねばならないのだから。もっとも運動の芸術も、羞恥と礼節の作用によって、一種のスティル（様式―同）に到達してはいるが、建築ほど確かなものではない。ロシア舞踊を見た人は、リズムは欠けていないが、スティル（様式―同）が欠けているといわなければなるまい。これに反して、ブルターニュの村の舞踊は極めて巧妙な、工夫をこらされた、また動作においても極めて穏やかなものだが、リズミカルな動きにおけるスティル（様式―同）の好例である。この様式の芸術においては、だからスティル（様式―同）は表現力をますために、情念の自然の動きを規制または抑制するためにあるといえよう。（略）

音楽は恐らくあらゆる運動の芸術中、スティル（様式―同）と呼ばれるところのものを最もよく保存する芸術である。音楽はスティル（様式―同）そのものだといってもよかろう。（略）最後に民衆音楽は、いつも単純で気高く、少しも誇張のあとを留めないことは明らかである。だからスティル（様式―同）は魂の偉大さの身内であって、人を喜ばしたり驚かそうとする意志とは全く反対のものだ、といっても過言ではない。（略）

礼儀正しい人は全く思想を含まぬ優雅さによって感心させることが多い。こうした種類のスティル（様式―同）は模倣者を絶望させ羨望者を圧倒する。（略）言葉と身振りは舞踊のスティル（様式―同）を限定するが、会話のスティル（様式―同）を限定することはなかろう。舞踊のスティル（様式―同）を何か〔意味のあること〕を語る会話の中へ移し入れることが必要なのであろう。（略）作品におけるスティル（様式―同）は礼節のスティル（様式―同）と似ているが、あらゆる礼節を排除するあの表現の自由によって、これと対立するものである。

（略）刺繍や壁掛け、彩色陶器などにおいては、製作が装飾にスティル（様式―同）を与えることは誰しもよく知っている。

（略）対象をあるがままに正確に把えうるような心的状態においては、夢想も判断の形をとる。装飾の精神とは要するにこうしたものであり、またあらゆる作品におけるスティル（様式―同）の条件の若干を示せば、こうしたものである。

（第6巻　建築について、第10章　スティルについての序説）

化粧は一面いつも礼節であり、また心の若さによって外部を規制しようという心遣いでさえあって、これは中々美しいことなのである。しかしこの種のスティル（様式―同）は彫像には属さない。

（第7巻　彫刻について、第7章　衣装について）

ここでは形は運動によって、運動は線によって示される。デッサンに関するすべての規則は、つまりスティル（様式―同）の諸規則は、ここから出てくるのである。

（第9巻　デッサンについて、第3章　運動について）

以上のように、桑原訳ではカタカナ表記の「スティル」は、長谷川訳では、家具では「物に合う形」、散文では「文体」、その他はすべて「様式」と訳される。

「スティル」（「物に合う形」「文体」「様式」）は、どのように形づくられるのか。

アランは、人間の体で道具を用いた「手仕事」に似た「行動」によってのみである、と答える。「想像力」を統御し、「現実の情念から脱却」させ、「人間の精神が生きてそこにあると確かに感じられるような、体の動きや物の形を作り出す」（長谷川訳五二七頁）ことが芸術なのだ、と。

十　桑原武夫「第二芸術」とアラン

冒頭に引用した、「第二芸術」の一節、「作品を通して作者の経験が鑑賞者のうちに再生産されるというのでなければ芸術の意味はない。」とはどういうことなのか。「作者の経験」とは何か。「芸術」とはここで何を意味しているのだろうか。

この「第二芸術」の一節を、『諸芸術の体系』の著者であるアランの定義に即して言い換えるならば、次のようになるだろう。

誤った知覚である想像力や、現実の情念のままではなく、「作品」を通して、「経験」つまり「作者」の手仕事を積み上げるような行動が「鑑賞者」のうちに「再生産」、つまり、確かに感じられるような「スティル」を備えたものでなければ、芸術の意味はないのである、と。

「第二芸術」では、『諸芸術の体系』のように多くの芸術が書かれているわけではないが、芸術の定義に関しては、アランによる定義に基づいているということができる。桑原は、「私はデューイ、リチャーズおよびアランから、多くのことを学んできた。」と書いた。桑原がアランから学んだのは、主に「芸術の定義」であったと考えられる。

第四章　デューイ『経験としての芸術』と桑原武夫

講談社学術文庫版、桑原武夫『第二芸術』（一九七六年第一刷）の「まえがき」にはこう書かれている。

私がデューイを知ったのは一九四二年ごろで、『確実性の探究』にひどく感心した覚えがある。間もなく転任して行った東北大学の図書館で、京都、大阪では見付けられなかった『経験としての芸術』の原書を発見したときは嬉しかった。それをストーヴもない寒い研究室で耽読したのは戦争中のもっとも楽しい時間であった。そうしてプラグマチズムはたしかに好きになったが、それは世界にはこんな考え方もあったのかという驚きではなく、むしろ、やはり、あれでよかったのだという安心感であった。（後略）

デューイを知った一九四二年の前年、桑原は一九四一年の五月、アラン『諸芸術の体系』の全訳を『芸術論集』と題して岩波書店より刊行している。つまり、桑原は、アランを経てその後、デューイと出会ったことになる。

一　デューイについて

ジョン・デューイは、一八五九年十月二十日、アメリカのヴァーモント州バーリントン市に生まれた。

デューイの生まれた一八五九年は、デューイに大きな影響を与えたダーウィン『種の起源』が、イギリスで出版された年である。また、アメリカの政治や思想に関する本には必ず登場する『アメリカのデモクラシー』(第一巻一八三五年、第二巻一八四〇年）の著者、フランス人のアレクシ・ド・トクヴィルの没年でもある。

このころ日本では、一八五三年、アメリカ東インド艦隊司令長官ペリーが「黒船」四隻とともに浦賀に来航、開国を求める。その直後、ロシア使節プーチャーチンも長崎に来航、開国と国境の策定を要求する。一八五四年ペリーが再度七隻の艦隊を率いて来航、日米和親条約が締結され、その後、プーチャーチンも再度来航、日露和親条約が締結された。一八五八年六月には大老井伊直弼が勅許を得られないまま、日米修好通商条約に調印する。その後、安政の大獄で吉田松陰などが処刑される。日本が、一気に外に開かれていく時代である。

デューイの時代ならば、アメリカに住む人々の生活は、祖先がアメリカにたどりついた時まで、さかのぼることができたにちがいない。ジョン・デューイの祖先は、ベルギーのフランダースからイギリス経由で一六三〇年代にアメリカ大陸に移住してきた。デューイの家系は三代にわたる農民で、四代目の父アーチボルト・デューイは、初めは農民であったが、ジョン・デューイの生まれたころには、食料品店を経営していた。

一八六一年四月、デューイが二歳の時、南北戦争が勃発し、父アーチボルトは志願して騎兵隊将校となる。母と子どもたちは、故郷のヴァーモント州から遠く離れ、戦場に近いヴァージニア州に住む。南北戦争は、デューイが六歳の時の一八六五年四月九日の終結まで続き、同年四月十四日、共和党のリンカーン大統領が狙撃され、翌日亡くなる。一家がバーリントン市にもどったのは、戦争が終わって二年後のことであった。

つまり、南北戦争のために、家族の住居は、六年間定まらなかったわけである。

デューイが小学校に入学したのは一八六七年秋、もうすぐ八歳になろうとしていた。「デューイがはじめて籍をおいたクラスには、七歳から一九歳までの五四人の生徒がいたという。」（鶴見俊輔『デューイ・人類の知的遺産60』、講談社、一九八四年）

その後、四年間で小学校を卒業し、一八七二年九月ハイスクール入学。四年の課程を三年で終え、一八七五年九月、一六歳で地元のヴァーモント大学に入学、一八七九年二十歳で卒業し、同年九月末から、ペンシルヴァニア州オイルシティーの高校教師となる。一八八一年から八二年までの冬の期間中は、ヴァーモント州シャーロット村の中等教育の責任者をつとめた。このころ、旧師H・A・P・トリーに指導を受け、デューイは哲学の研究の道に進むことを決意し、ジョンズ・ホプキンス大学の大学院に入学する。（鶴見俊輔前掲書、魚津郁夫『プラグマティズムの思想』（筑摩書房、二〇〇六年）他）

二　デューイとプラグマティズム

魚津郁夫は、プラグマティズムについて次のようにまとめている。

現代アメリカを代表し、かつその根幹を形成する思想はプラグマティズムである。それは一九世紀後半にはじまって、二〇世紀に集大成され、二十一世紀へとひきつがれた。

（魚津郁夫前掲書）

プラグマティズムは、アメリカ合衆国の歴史を背景として、生活に結びついた考え方である。現代アメリカ思想の担い手たちの祖先の大半は、以上の体験（メイフラワー号で到着したピリグリム・ファーザーズ以来の体験―筆者注）を共有する開拓民であった。こうした伝統のもとでは、信仰の自由を確保しようとする気持ちがうけつがれるとともに、抽象的な観念も、それが実際生活のうえでどのような結果をもたらすか、という観点からとらえる姿勢（すなわち思想と行動の結びつき）、そしてそうした行動の結果を重視する姿勢がうまれるのも当然といわなければならない。

（魚津郁夫前掲書）

このようなプラグマティズムの源流となる代表的思想家はパース、ウィリアム・ジェイムズ（作家ヘンリー・ジェイムズの兄）、デューイである。

パース（一八三九～一九一四）は、ウィリアム・ジェイムズによって紹介され、注目を浴び、最初にプラグマティズムという言葉を使った人物である。「考察内容である概念と結果を結びつけた点が、パースの思想の画期的な部分」（小川仁志『アメリカを動かす思想』、講談社、二〇一二年）である。

ウィリアム・ジェイムズ（一八四二～一九一〇）は、パースを批判的に継承し、「対象の概念は結果次第」であるが、対象から生じる「反動」も考慮しようとする。西田幾多郎の「純粋経験概念」は、このウィリアム・ジェイムズの「純粋経験」に影響を受けている。（小川仁志前掲書）

デューイ（一八五九〜一九五二）は、九十二歳で亡くなるまで思索を重ね、心理学、哲学、論理学、倫理学、教育、芸術、民主主義に関する多くの著作を残している。そのため、どの時期を見るかによって、「異なるデューイ」が見えてくる。

ヘーゲルの弁証法は、矛盾、対立する二つのものが一つに止揚されるということであり、ダーウィンの進化論は、理性あるいは心をもつ人間と、他の生物とを明確に区別する二元論を否定する。二元論に異を唱えたデューイは、克服する道をヘーゲルの弁証法とダーウィンの進化論から学ぶ。しかし、一八八七年の「最初の著作『心理学』は、当時の生理学的心理学によってあきらかにされた事実を、ヘーゲル的な観念論によって解釈したもの」（魚津郁夫前掲書）である。つまり、この時点で、デューイはプラグマティズムの思想家ではなかったのである。

一八九〇年のウイリアム・ジェイムズ『心理学原理』との出会いは、デューイの転機となる。この本は、デューイが、ヘーゲル哲学から離れるきっかけとなった。ここから、ダーウィンの進化論とウイリアム・ジェイムズの影響によって、デューイはプラグマティズムへと傾倒していく。「心が形成する観念は、問題を解決するための実験的な道具である」と考え、デューイの「道具主義」が生まれ、教育に関心を抱くようになる。一八九五年、シカゴ大学は付属実験学校を開設し、その責任者となった。デューイ三十六歳の時、『学校と社会』の出版は、一八九九年、四〇歳の時であった。

伊藤邦武は、プラグマティズムについて次のようにまとめている。

パースがこの思想を初めて提唱したのは一八七〇年代であった。デューイがその『論理学―探求の理論』において、パースの探求の理論を改めて体系化したのは、一九三〇年代の後半であった。この思想はこの六〇年間にアメリカに独自な哲学思想として大きく成長した。ところが、その直後、第二次世界大戦の前夜には、この思想は哲学の表舞台から一旦、退くことを余儀なくされたのである。（伊藤邦武『プラグマティズム入門』（筑摩書房、二〇一六年）

桑原が「ひどく感心した」『確実性の探究』は、デューイが七十歳の時、一九二九年の著作であり、プラグマティズムの思想に基づいている。また、東北大学の図書館で発見した『経験としての芸術』は、一九三四年、デューイ七十五歳の時の著作である。

三　デューイと日本と中国

デューイは、一九一九年、日本興行銀行副頭取小野栄三郎の招待で、日本を訪問し、東京帝国大学で講演を行っている。この時、デューイは六十歳であった。

一九〇四年生まれの桑原は、一九一七年、京都府立京都第一中学校に入学、同学年には貝塚茂樹などがいる。年譜によれば、一九一九年当時、三月には高野山、和歌山へ一泊グループ旅行、五月には奈良見学旅行、七月には同級生と富士登山に出かけている。この時、旧制中学三年で十五歳の桑原と六十歳のデューイにまだ接点はない。

デューイを日本に招待した小野栄三郎は、ミシガン大学でデューイに教えを受けた人物である。滞在費用は渋沢栄一が協力して準備した。全体のタイトルは、「現在の哲学の位置—哲学改造の諸問題」であった。もともと、デューイ自身の興味と日本に対する好意から、日本を旅行することを計画したようだが、日本から招待され、講演することになったのである。

当時、日本では、一九一八（大正七）年九月、原敬が、爵位を持たず、藩閥政治家でもなく、衆議院に議席をおく総理大臣となり、「平民宰相」と呼ばれた。原敬の積極政策が行き詰まるのは一九二〇（大正九）年であるから、デューイが来日した一九一九年は、後に「大正デモクラシー」と呼ばれる民主主義的風潮の広まる時代の中にあった。迎えた人々もまた、「大正デモクラシー」の推進者、共鳴者であった。

アメリカは、一九一七年、第一次世界大戦に参戦し、四月には、「民主主義の擁護」を掲げ、ドイツに宣戦布告する。ロシアでは十月革命でソヴィエト政権が成立する。デューイが日本に来た一九一九年、一月にパリ講和会議が開催され、六月二十八日にベルサイユ条約調印が行われた。

一九一九年一月二十二日にサンフランシスコを出た日本船春洋丸は、十五日後の二月九日横浜に到着、デューイは帝国ホテルに一週間ほど滞在し、その後新渡戸稲造宅に移る。

東京帝国大学での講演は、一九一九年二月二十五日〜三月二十一まで、約一ヶ月であった。講演で、デューイは、論理学、道徳観念、社会哲学における再構成の必要性を説き、古いタイプを代表するドイツ観念論、ヘーゲル国家論を徹底的に批判した。この講演をまとめたものが『哲学の改造』である。火曜日と金曜日の午後三時三十分から合計八回講義が行われ、第一回目は約千名の聴衆が集まったという。回を追うごとに、聴衆は激減し、三回目では五百人、「最終回の第八回目には三十人から四十人になっていた」（鶴見俊輔前掲書）。

この尋常でない聴衆の激減を、笠松幸一は、次のように分析している。

デューイがドイツ政治哲学の国家主義的性格を批判する時、聴衆は、そのドイツ哲学批判の言説に日本の国体批判を感じ取り、ある種の抵抗感を覚えたであろうことは想像に難くない。日本は、ドイツ（プロイセン）を法と国家のモデルとして近代化を進めてきたからである。聴衆一般の道徳意識は国民道徳としての「忠君愛国」にあったからである。（笠松幸一「デューイと大正デモクラシー──「哲学の再構成」に着目して」、日本デューイ学会編『日本デューイ学会設立五十周年論集　日本のデューイ研究と二十一世紀の課題』世界思想社、二〇一〇年）

鶴見俊輔によれば、当時、「この講演が、日本の哲学者に与えた影響はなきに等しい」（鶴見俊輔前掲書）。慶応義塾大学、早稲田大学、東京の教会でも講演を行っているが、好評ではなかったようだ。

日本を出国するまで約二ケ月半の滞在であったが、デューイに「旭日章」を授与する内意が伝えられた。しかし、デューイは、これを辞退した。辞退の理由は、講演の不評にあったのではなく、デューイの側に、当時の日本の天皇制、教育や経済、貧富の差などに対する批判的な見方があった、と考えた方がよさそうだ。（魚津郁夫編『デューイ・世界の思想家20』、平凡社、一九七八年）

一九一九年（大正八）四月二十八日、デューイが、下関から日本を出国して向かった先は中国、到着の一週間後は、五月四日であった。北京では、学生を中心とするデモが起こり、ベルサイユ条約調印反対、「打倒日本帝国主義」の声が高まり、日本商品のボイコットが広まった。「五四運動」である。この後、デューイは、北京大学と精華大学で講義をしながら、二年間を中国で過ごすことになる。

桑原武夫は、デューイと中国について、「文学批評と価値判断」（一九五四年）の中で、次のように書いている。

マルクス流行以前、中国で影響をもちえた西洋の思想家はデューイのみだということに注目する必要がある。そして「胡適の主張するプラグマティズムの方法は、逆に胡適に反対したマルクス主義者によって受けつがれているように見える」（竹内好）という意見は大切である。私は中国の共産主義革命の成功の一要素として、胡適らが培養したプラグマティズムが教説としてでなく、方法ないし態度として、中国のうちに残っていて、彼らの行動をプラグマティックにしたことがあると臆測している。私のいいたいことは、危機感のうちにも、それは方法として働きうるだろうということである。このことが日本の文学批評のあり方につらなる。

（岩波講座『文学』第七巻、一九五四年五月、『桑原武夫集４』六三〜六四頁）

四　デューイの「経験」

大学入試センター試験「倫理」（二〇〇四年追試験）に次の解答を選ばせる問題が出たことがある。

プラグマティズムとは、経験論の伝統を受け継ぎ知識や観念をそれが引き起こす結果によってたえず検証しようとする思想である。

高校生に理解しておいてほしい事項について整理されたものであり、プラグマティズムの一般的な説明だろう。ここで注意しなければならないのは「経験論の伝統を受け継ぎ」の部分であり、デューイについてはどうだったのかということである。

デューイを理解するための一つのキーワードは「経験」である。デューイの著作には、書名に「経験」を含む著作がいくつかある。『経験と自然』（一九二五年）、『経験と自由』（一九二九年）、『経験としての芸術』（一九三四年）、『経験と教育』（一九三八年）である。

デューイの言う「経験」とはどのような意味なのか。デューイは、「経験」の概念が歴史的に変化してきたものであると考え、次のように説明を加えている。

経験については三つの歴史的概念がある。

第一は、古代ギリシャで形成されたものであり、長く一七世紀まで続いた考え方であるが、続いた時間にかんするかぎり、最も重要でもっとも影響力のあるものである。

第二は、一八世紀と一九世紀の二世紀間に特有な考え方である。それは、第一の概念より新しいが、現在、経験論という言葉を使うとき、一般に浮かぶのはこれである。

第三は、いまなお展開されつつあるもっとも新しい動きである。

（「もろもろの経験論の経験的概観」、魚津郁夫編著『世界の思想家20　デューイ』三六頁）

デューイによれば、第一の古代ギリシャで形成された考え方では、「経験」は、「かなり信頼するに足る知識、すなわち実際的な効用や行為のためには信頼できる知識」を与えたが、「出来事の原因や理由についてのいかなる洞察」も含まず、「そうした洞察にもとづくもの」でもなかった。プラトンとともに、経験は「侮蔑的な意味」をもちはじめ、「古代哲学の語る経験」にはこうした「侮蔑的な意味」がつきまとうようになった。「経験や経験的知識」は学問と対比され、アリストテレスも、プラトンと同様、経験と理性に基づく学問や理解や了解とは対比して考える。

デューイは、プラトン、アリストテレスに代表される古代哲学で考えられる「経験」には三つの大きな限定がある、と言う。

第一は、経験的知識（厳密に言えば、知識と言うより信念と臆見）と学問の対立である。

第二は、理性的な思考の自由な性格と対立する、実践の依存的な限定された性格である。

第三は、経験の以上二つの欠点の形而上学的な根拠、すなわち感覚と身体の動きは現象の領域に限られるのに対し、理性はその内在的な本性からして究極の実在に近いということである。

こうした三つの対立から、経験が形而上学的に軽蔑され、認識論的に軽蔑され、さらにこれらの軽蔑がさまざまな色彩を帯びて人間的な価値に及び、経験が道徳の上でも軽蔑されるに至るのである。（前掲書　三九～四〇頁）

デューイは、プラトンやアリストテレスによる「経験」についての説明が、「当時の文化の状態を正確に述べたもの」であり、「当時の哲学の犯した誤謬」は、「ある特定の文化状況がはらむ事柄を永遠のものと考えてしまった点にある」と考える。つまり、言葉の定義は、歴史的に変化するものであり、文化によって異なるということになる。

第二の「一八世紀と一九世紀の二世紀間に特有な考え方」、いわゆるイギリス経験論である。「理性」と「経験」について、デューイはこう言っている。

いままで理性的な真理として通ってきたものが、彼らの目には、陳腐なくり返しや権威の盲目的な受けいれによって毒されたものと映った。「理性」が慣習や伝統に力を借りた独断や教義を意味したのと対照的に、「経験」は新鮮な個性的なものを示唆した。

（前掲書　四二頁）

ここでも、強調しているのは、「経験という専門用語の中に含まれる諸要素」の中の変化ではなく、「文化そのもの」の中の変化である。ジョン・ロック（一六三二〜一七〇四）については、次のように言う。

ジョン・ロックは（略）経験を本質的に観察から成り立つものと定義したが、これは経験とは自然との直接的な個人的接触であるとする一つの見解である。（中略）ロックが観察を信頼したことが、本有観念に対する彼の敵意の源泉となっている。（中略）彼の時代についての彼の解釈によれば、本有観念は根拠のない伝統や勝手に振りかざされた権威を守る大きな砦となった。もともと本有観念は批判や吟味のできないものである。たとえばある特定の「原理」は本有なので、それは自動的に批判的検討から除外される。（中略）われわれが構成して「理性的」と名づけるもろもろの観念は、われわれ自身の作り出したものにすぎないから、「経験」すなわち観察によって照合しないかぎり疑わしいものである。それというのもロックによれば、観察はわれわれの心よりもむしろ自然が行う事柄だからである。ロックが「白い紙」を強調し、印象を受け取るさいの受動性を強調するのは、こうした事情によるのである。

（前掲書　四三頁）

私の考えでは、以上の経験論の動きにおいて重要なのは、その批判的否定的側面である。伝統や教義を解体してしまうその能力はそれが何かを作り出す上にできたいかなる刺激よりも大きかったのである。しかし、一般的な文化状況が積極的、建設的な方向づけと刺激を必要とするような場合には、文化の上で新しいタイプの哲学が生まれる機会が与えられるものである。十九世紀ドイツ哲学による反動はかくして生じた。

（前掲書　四七頁）

第三の「いまなお展開されつつあるもっとも新しい動き」とはプラグマティズムのことであ

る。デューイは、「経験」の概念の変化を歴史的に見ながら、ウィリアム・ジェイムズの哲学の一つの側面について次のように書いている。

この主張は、あらゆるプラグマティズムの哲学と結びつけられて、あたかも単に従来の合理論に向けられたものにすぎないと考えられることが多い。しかしより直接的な攻撃目標は、かつての経験論なのである。（前掲書　四九頁）

つまり、デューイの言う「経験」は、プラトン、アリストテレスとも異なり、イギリス経験論とも異なるものなのである。

五　デューイ『経験としての芸術』の「経験」

桑原が、東北大学の図書館で原書を発見し、戦争中に、寒い研究室で耽読したという『経験としての芸術』の中で、デューイはこう書いている。

哲学者たちは、概して経験一般について語ってきた。経験主義の哲学者でさえそうだった。しかし、日常使われる経験という語は、それぞれ単数形であって、それ自身の始まりと終わりとをもつ経験のことを言う。

（ジョン・デューイ著、栗田修訳『経験としての芸術』晃洋書房、二〇一〇年、三九頁）

私の立場からすれば、現存する芸術論の問題点はそれらがいずれも分類整理された既成の美の観念から出発していることである。あるいはそれらが、具体的に経験する作品とのつながりを切りすてて、芸術を〈精神化〉する芸術観から出発していることである。しかし、この精神化に代わるものは、芸術作品の品位をおとしめる卑俗な物質化ではない。そうではなく、芸術作品は日常経験に見いだされる感覚的性質を理想化するものであるととらえ、その理想化の仕方を解明する理論である。

（前掲書　一〇頁）

一つの経験は、まとまりをもっている。そして、このまとまりはその経験に呼び名を与える。例えば、〈あの〉食事、あの大シケ、あの友情の決裂といった具合に、このまとまりの存在は、或る単一の〈性質〉によって可能となる。そしてこの単一の性質は、それを構成する諸要素はいろいろ違っていても、その経験全体にあまねく浸透しているのである。（中略）諸観念は経験の性質が動きゆくなかで示す諸変化である。それはロック（一六三二〜

一七〇四、イギリスの経験論哲学者）やヒューム（一七一一～七六、イギリス・スコットランドの経験論哲学者）の観念や印象のようにバラバラに独立したものではなく、経験に染みこんで展開しつつある色調が示す微妙な諸変化なのである。（前掲書　四一頁）

ジョン・デューイ『経験としての芸術』の訳者栗田修は、デューイの言う「経験」と「芸術」について、「訳者あとがき」で次のようにまとめている。

彼の言う経験とは、根本的に、きわめて生物学的・進化論的である。生き物が環境と相互作用することによって、生き物もその環境もより高い次元のものに進化し、成長する。そして、この経験はやがて人間の経験にまで達し、さらに進化しつづけるのである。（略）その成長・発展のなかには、抵抗・軋轢・苦闘・勝利・敗北がある。そうしたものを克服し、経験を完成したとき、われわれは〈一つ〉の経験をもつ。その経験は内的に統合され、或る感覚的性質―感動・喜び・悲哀・苦悩・慚愧など―をもっている。こうした性質を表現するのが、芸術である。

芸術は経験であるのだから、芸術には制作面（能動）と鑑賞面」（受動）の両面がある。しかし、両者はバラバラなものではなく、相互作用する。両者は一つの経験の不可欠な両面である。作者は、制作中の作品を鑑賞しつつ制作する。鑑賞者は、作品をイマジネーションによって制作しつつ、鑑賞する。能動と受動は相互作用することによって、「一つの経験」、つまり理想的経験（芸術作品）を創りあげていく。

（前掲書　四三八〜四三九頁）

六　桑原武夫「第二芸術」の「経験」と「芸術」

桑原武夫「第二芸術」には、次のような箇所がある。

私は、日本の明治以来の小説がつまらない理由の一つは、作家の思想的社会的無自覚にあって、そうした安易な創作態度の有力なモデルとして俳諧があるだろうことはすでに書き、また話した。

（『桑原武夫集２』　一二四頁）

わかりやすいということが芸術品の価値を決定するものでは、もとよりないが、作品を通して作者の経験が鑑賞者のうちに再生産されるというのでなければ芸術の意味はない。

（『桑原武夫集２』　一二八頁）

この箇所を書く際に、桑原の念頭には、アランとともにデューイがあったに違いない。デューイの言う芸術とは、「抵抗・軋轢・苦闘・勝利・敗北」を克服した後、内的に統合された「感覚的性質―感動・喜び・悲哀・苦悩・慚愧」を表現したものである。

では、「作品を通して作者の経験が鑑賞者のうちに再生産される」とは、どういうことなのか。デューイに即して言えば、作者は、自分の作品を鑑賞しながら制作し、鑑賞者も作者の作品を想像の中で制作し、鑑賞する。芸術作品は、作者と鑑賞者との相互作用の中で、「再生産される」のである。

第五章　桑原武夫とI・A・リチャーズ

一　「第二芸術」論とリチャーズ

桑原武夫『第二芸術』に、I・A・リチャーズ（以下、リチャーズ）の名前が出てくるのは次の箇所である。

「手許にある材料のうちから現代の名家と思われる十人の俳人の作品を一句ずつ選び、それに無名あるいは半無名の人々の句を五つまぜ、いずれも作者名が消してある。こういうものを材料にして、例えばイギリスのリチャーズ（I.A.Richards　文学言語研究の大家、ハーヴァード大学教授。一八九三〜）の行なったような実験を試みたならばいろいろと面白い結果が得られるだろうが、私はとりあえず同僚や学生など数人のインテリにこれを示して意見を求めたのみである。」

このように、桑原はリチャーズの手法に倣ったということがわかる。

『第二芸術』を論じたものは多いが、その中で「第二芸術」の記述以上にリチャーズに言及したものは多くない。果たして、リチャーズの手法は理解されてきたのだろうか。言い換えるならば、『第二芸術』は正しく理解されているのだろうか。リチャーズの方法は何をめざしたのか。ここでは、少し詳しくリチャーズのことから書いてみたい。

二　リチャーズ登場まで

リチャーズという人物そのものについての簡単な紹介ならば、多くの事典などから知ることができる。しかし、歴史の流れの中で説明したものは多くない。

ピーター・バリー著、高橋和久監訳『文学理論講義』（ミネルヴァ書房、二〇一四年）は、欧米の大学の多くの学部課程の教科書・参考書として使われ、一九九五年の初版から、増補を重ね、二〇〇九年には第三版が出版されている。日本語訳は四〇〇ページ以上と少々大部だが、テキストとして読みやすい本である。この本は文学理論について十五章に分けて紹介しており、リチャーズの名前は、第一章「「理論」以前の理論」で登場する。リチャーズまでの流れを、この『文学理論講義』をもとにまとめてみると以下のようになる。

イギリスの高等教育は、一八二五年ころまでイギリス国教会が独占し、大学は、オックスフォードとケンブリッジだけで、小さな独立したコレッジのみ、修道院のような機能だった。学生は男性のみ、イギリス国教会の陪餐会員でコレッジでの礼拝に出席しなければならなかった。教員は聖職者であり、コレッジ内に住むには未婚が条件、学ぶことができたのは古典、神学、数学の三つであった。当時、カトリック教徒、ユダヤ教徒、メソジスト派教徒、無神論者は入学できなかった。

一八二六年、信教や男女に関わりなく学位を授与するユニヴァーシティ・コレッジが創設され一八二八年から英文学が学べるようになり、一八二九年、イギリスで初めて英文学の教授が任命された。

当時の英文学は、言語としての英語を学ぶものであり、文学は語法の例を見るためのものであった。いわゆる英文学が教えられたのは、一八三一年にできたロンドンのキングズ・コレッジが最初であったが、オックスフォードでは一八九四年、ケンブリッジでは一九一一年まで英文学をとりいれることはなかった。

この間、一九一一年、清国では辛亥革命がおこり、一九一二年、中華民国が成立、清朝が倒れた。一九一四年、それから、四年に及ぶ第一次世界大戦が始まった。一九一七年にはロシア革命が起こった。

日本では、一九一〇年に『白樺』、一九一一年には『青鞜』、一九二一年には『種蒔く人』が創刊されている。

英文学研究に方向性を与えたのは、一九二〇年代ケンブリッジの英文科であった。一九一一年に始まったばかりの最も新しい学科では、新しいことに挑戦できる雰囲気だったようだ。この中で変革を成し遂げたのが、一九二〇年代にケンブリッジで教え始めたリチャーズ他三名だった。ここまでがリチャーズ登場の背景である。

三　リチャーズについて

リチャーズは、桑原武夫「第二芸術」では、「ハーヴァード大学教授」とあるが、もともとイギリスのケンブリッジ大学の講師であった。

リチャーズは一八九三年生まれ、ケンブリッジ大学に学び、母校で教鞭を執った後、ハーバード大学へ移る。日本にも数度訪問したようである。主著は、『文芸批評の原理』（一九二四年）、『詩と科学』（一九二六年）、『実践批評』（一九二九年）、オグデンとの共著『意味の意味』（一九二三年）他。一九〇四年生まれの桑原から見れば、リチャーズは九才年長ということになり、二人はほぼ同時代を生きたことになる。一九七九年没。

外山滋比古は、「俳句における近代と反近代」の中で、（『文学論』に見られる）「漱石の文学へのアプローチが（中略）リチャーズにきわめて似ている」と見ている。

四　『実践批評』について

桑原が『第二芸術』でリチャーズに倣った手法は、具体的には、『実践批評』にある。この本は一九二九年、世界恐慌の年に出版されており、リチャーズがまだ、ケンブリッジ大学で教鞭を執っていたころである。

初めての日本語訳は、二〇〇八年。当然、「第二芸術」が雑誌『世界』に掲載された一九四六年当時、日本語訳は出版されていない。それにしても、この著名な本が八〇年もの間、翻訳されなかったのはなぜなのだろうか。『実践批評―英語教育と文学的判断力の研究』（みすず書房）の編訳者である坂本公延は、次のように「あとがき」に書いている。

「これほど評判の高い本書が、日本で翻訳されていないのは不思議なのだが、その原因の一つは、「レポート集」（Documentation）にありそうだ。リチャーズ自身が「頁数の多さと、そのどうしようもない単調さ」と語るように、その量の多さと、日本語に移す場合の煩雑さを考えると、先人たちは、おそらく躊躇したのだろう

「レポート集」以前に、詩の翻訳の困難さがあるだろう。「レポート集」はあくまで資料であり、この本の中心は、後半の「分析」にある。しかし、「レポート集」抜きで、この本が長い間話題になることはなかったのではないか。原題は、『実践批評ー文学的判断力の研究』（Practical Criticism :A Study of Literary Judgmennt）なのだが、日本語訳では『実践批評—英語教育と文学的判断力の研究』と題されている。「英語教育」は、日本にあてはめてみると、「国語教育」である。たしかに、レポート集に見られる詩の解釈の多様さとリチャーズの分析は、むしろ、詩の授業の実践記録と言った方がよい。

リチャーズはこの本の目的として、次の三つあげている。第一番目は、「教養の現状に興味を抱く人たちへ新たな種類のレポートを紹介すること」、二番目は「詩について考え、感じた内容と、詩の好き嫌いの理由などを自分で見つけたい人たちへの技術提供」、三番目に「聴いたり、読んだ内容を理解、識別する能力の開発を目指し、現在の教育方法よりももっと効果的

な方法を準備する」ことである。つまり、リチャーズは決して「いろんな読みがある」ことを示そうとしたのではない。

では、このレポートはどのように集められたのか。

「シェイクスピアからエラ・ウィラー・ウィルコックスに到るふさわしい詩を印刷して学生諸君に手渡し、自由にコメントを書いてもらう実験だったが、それらの作者とタイトルを伏せたので、まれな例を除いて、学生諸君にはその出所は不明だった。レポートには、自分の名前を書かないように、あらかじめよく注意して、一週間後に回収したが、無記名にしたのは、本音を書く自由を保障するためだった。」

「第一部レポート集」は十三編の詩の作者についてのものだが、その作者の中で、生没年の明らかになっている最も古い作者はジョン・ダン（一五七三〜一六三一）、最も新しいのはD・H・ロレンス（この本では一八八八〜一九三五とあるが、実際は一八八五〜一九三〇?）である。

「レポート集」の中で興味深いのはレポートそのものよりも、レポートと「分析」をつなぐ役割を果たしているリチャーズのコメントである。このコメントには、これまでの詩の読み方に対するリチャーズの問題意識が書かれ、新しい方法につながるという意味で重要である。

「レポート集」は、大きく二つに分かれる。後半の五編は、前半八編から二年後の講義の出席者でかなりメンバーが替わったことで内容にも変化が見られる。

①受講者の「レポート」から

作者の名前は、他の詩と同様伏せてあるが、「詩その八」はＤ・Ｈ・ロレンスの「ピアノ」と題する詩である。ロレンスは英国の小説家、詩人。小説『チャタレー夫人の恋人』他。詩そのものは、ここでは割愛するが、受講者たちはレポートの中で次のように書いている。

「ぼくには愚作に思えていやなのだ。嫌悪感を覚える。しかも下手くそなのだ。」「これは詩ではなくて、感傷的な韻文と思う……」「不完全なところが多すぎて、全体として、この詩を判断できない。」「この詩は最高だ。」「鮮やかな散文詩だ。」「自分がこの詩に感応しているのを感じるが、それが嫌なのだ。」「この詩は感傷性という評価が一番ふさわしい。」「過ぎ去った事ゆえの悲哀への耽溺は、まさに感傷的だ。印象的なのは、この詩人（Ｄ・Ｈ・ロレンス？それともアメリカ人？）がこの事をよく心得ていて、この情緒を利用していない点だ。」「連想作用が、この詩の公平な評価を難しくする。」……

次は、後半五編の中から。「詩その十一」は、トマス・ハーディーの「ジョージ・メレディス」（？）である。ハーディー（一八四〇〜一九二八）は、英国の小説家、詩人。小説『テス』『日陰者ジョード』、晩年、ナポレオン戦争を扱った大叙事詩劇『覇王』を完成。

「私は、この詩に無感動だ。」「「詩人は自分が意図した、描きたい人間像を読者に完璧に理解させた。」「この詩の主題が、奥深い人格、霊感と指導力の持ち主で、大きな愛の心を持つ友人だとわかる。」「この詩は、無関係な断片の支離滅裂な寄せ集めのようだ。」「誠実さ、単純さ、蓋然性、などの長所がある。最後の連が弱いのだ。」「最終句の元気さというか、その活発さは、私には我慢がならない。」「この詩が偉大とは思えないが、何か魅力がある。」「リズムは技術によってうまく処理された真の感動をすぐに示してくれる。」「普通の詩的用語による高揚はない。」

このように、作者がわからないと読者の評価は大きく揺れる。有名な作家による詩が必ずしも「良い」詩とは限らないが、もし、詩に作者名が書かれていたとしたら、受講生たちのレポートはどのように変わっていたであろうか。

②リチャーズのコメントから

リチャーズは、受講者たちのレポートに対して様々なコメントを加えている。その中で、これまでの詩の読み方に対する問題意識と、新しい方法につながると考えられるものを、いくつか取り上げてみたい。


「（読者は）、詩的価値を判断する基準がほしいからだ。」

「詩の内容にあまりにも無頓着で、勝手気ままに自分の思考と感情を遊ばすのは、方法論として、細部の揚げ足とりと同様に誤りだ。」

「うまく詩を解釈できない理由は、さまざまで、注意散漫、偏見、あらゆる抑制力などが挙げられても、これがその妨げの理由だ、と名指す場合は、たいてい当て推量なのだ。」

「学生諸君がいだく、自分の解釈力、内容への浸透力、素晴らしい考えを編み出して、把握する能力への悲愴のまでの不信感は、これは重大だ、と教育者なら認めるだろう。」

「他の気まぐれで間違った無数の批評の独断的主張を考えると、これらの訓練と通常の英語解釈の訓練とを少々取り替えてもよさそうだ。」

「詩の創作年代を判断の助っ人にするのは結構だが、それはあくまで可能性にとどまる。その最終の決定は、より密接で十分な詩との接触で、はじめて可能となる。」

「詩を賛美する諸君のほとんどは、その詩の細部よりも、それが自分たちの感情に作用する効果に目を向ける。」

「いかなる詩でも、読者の既得反応を巻き込む傾向があると、注意深い用心が必要となる。」

③リチャーズの「分析」から

リチャーズは、「第二部　分析」を八つの章に分け、まず、詩の言語の機能（意味）を、発話内容・感情・調子・意図の四種類に分けて、分析のキーワードを提示し、比喩的言語、発話内容と感情について分析する（第一章、第二章、第三章）。後半は「詩の形式」（第四章）、「無関係な連想と既得反応」（第五章）、「感傷性と抑制」（第六章）、「詩における教義、教理、教訓」（第七章）、「技術的前提と批評的先入観」（第八章）といった内容である。

この「分析」は、細かい部分に関して日本語訳ではなかなかわかりづらい。リチャーズは、単に「詩にには様々な解釈がある」と言ったわけではないのだ。

レポートとその「コメント」は、それまでの詩の読み方の教育への問題提起である。「分析」から読み取れるリチャーズの主張は次の二点にまとめられる。

第一に、様々な先入観に惑わされることなく、詩の中に書いてあることに集中して精読すべきである。

第二に、学校では、これまでと違った方法で、「詩の読み方」を訓練すべきである。

④桑原武夫とリチャーズ

これまで『第二芸術』の数多くの評者に、リチャーズの手法はどこまで理解されていたのだろうか。つまり、『第二芸術』は正しく理解されているのだろうか。

『文学入門』（一九五〇年）の「はしがき」で、桑原は「私はデユーイ、リチャーズおよびアランから、多くのことを学んできた。しかし、この本を書くにあたっては、それらの本をなるだけ手許におかぬことにして、自分で合点のできているだけのことを書いた。」という。しかし、『文学入門』の本文では、リチャーズの著作からの直接の引用が数カ所ある。「なるだけ手許におかぬことにして」いたかもしれないが、いつでも手の届くところにリチャーズがあっただろう。『文学入門』の四年前に書かれた「第二芸術」でも、桑原にとって、リチャーズの手法は単なる「アイディア」ではなかったのである。

五　リチャーズと「経験」

桑原は、「経験」を意識した人であった。『文学入門』第二章「すぐれた文学とはどういうものか」で、リチャーズの言葉を引用している。

芸術品がすぐれているということは、それ自体として立派であることと同時に、当然それが伝達（communication）可能だということを含んでいる（もちろんこの両者は相互関連していて、切りはなせないが）。そして「コミュニケーションがあったといえるのは、一つの精神がその周囲に働きかけ、そのため他の精神が影響をうける。しかもその第二の精神のうちにおける経験と似た、そして部分的にその経験によって引きおこされたところの、一つの経験がおこったときである」（リチャーズ）

そして、文学が人間と人間とを結びつける力をもつといわれるのも、このコミュニケーションの作用なのである。

（『桑原武夫集3』三九〜四〇頁）

ここでは、リチャーズの言葉がそのまま桑原の主張となっている。

第六章　桑原武夫「文学修業」と「日本現代小説の弱点」（一九四六年二月）

桑原武夫は「第二芸術」の冒頭部で、日本の小説について次のように書いている。

私は、日本の明治以来の小説がつまらない理由の一つは、作家の思想的社会的無自覚にあって、そうした安易な創作態度の有力なモデルとして俳諧があるだろうことは、すでに書き、また話した。

「すでに書き、また話した」場は、本によって異なる書き方がされている。発行順に並べると、『桑原武夫全集』第一巻（朝日新聞社、一九六八年）では、掲載された雑誌名で「（『人間』二月号。『新潮』九月号）」、講談社学術文庫版（一九七六年第一刷）も同様である。『桑原武夫集

2、1946〜1950』（岩波書店、一九八〇年）では、括弧の中は文章のタイトルが書かれ、「（「文学修業」「日本現代小説の弱点」、いずれも本巻所収）」となっている。この『桑原武夫集2』（岩波書店）では、「文学修業」は一九四六年二月の『新潮』、「日本現代小説の弱点」は同年の同じく二月の『人間』に掲載となっている。

「第二芸術」が掲載されたのは、『世界』一九四六年十一月号であり、いずれにしても、「第二芸術」は二つの文章をふまえて書かれている。

では、「文学修業」「日本現代小説の弱点」は、どのような内容の文章なのだろうか。

一　「文学修業」（一九四六年二月）

①「文学修業」の時代背景

「文学修業」はこんな風に始まっている。

やあ失敬。まあ火鉢のそばへ寄りたまえ。何もないが、お茶だけはちょうど昨日ヤミ市で買って来たから、それでも飲みながら話そう。実は『新潮』の編集部から若い人々のために

「文学研究法」というのを書いてくれと言われた…（中略）…編集の方に頼んで君たちに宅へ来てもらうことにしたんだ。……

（『桑原武夫集2』六頁）

この文章が掲載されたのは、日本の敗戦からまだわずか六ヶ月。明確に若い読者を想定した文章である。このとき桑原武夫は東北帝国大学助教授（フランス文学）であった。

一九四五年八月、戦争が終わった後も、戦前からの主食の配給制度は続く。植民地からの食糧輸入がなくなり、加えて、一九四五年の秋は大凶作。復員兵と海外の旧植民地からの引き揚げ者が数百万におよび人口が急増、大蔵大臣は「今年の冬は八〇〇万人の餓死者がでるであろう」と閣議で公言した。ＮＨＫは「一千万人餓死説」というラジオ番組を作ったが、占領軍は放送を不許可とした。食糧をはじめ重要物資は公定価格が定められていたが、「ヤミ市」とよばれる自由市場では値段はすべて需要と供給の関係で決まった。ヤミの物資の売り買いは犯罪だが、法律を守っていては飢え死にする以外になかった。（『袖井林二郎責任編集『図説昭和の歴史9、占領時代』集英社、一九八〇年）

こんな中で、食糧統制法に違反した「ヤミ米」は食えぬと、配給米だけを食べて三十三歳で餓死した裁判官がいた。一九四七年十月、東京地裁刑事部の山口良忠判事は「食糧統制法は悪法だが、ソクラテスにならい食糧統制法の下で喜んで餓死する」と遺書を残して亡くなった。

(『朝日百科、日本の歴史12、現代』朝日新聞社、一九八九年)

一九四五年の自らの日記の抜粋をまとめた高見順『敗戦日記』(中公文庫、『文藝春秋』一九五八年七月、八月初出)に、次のようなエピソードが書かれている。

十一月九日

新橋で降りて、かねて噂の高い露店の「闇市場」をのぞいて見た。もとは、明治製菓と工業会館の裏の、強制疎開跡の広場にあったのだが、(略)駅のホームから見おろすと、人がうようよとひしめいていて、一種の奇観を呈している。敗戦日本の新風景、――昔はなかった風景である。(略)

いま見てきた新橋の「闇市場」の話になり、「新橋駅の上の食堂は、食えば食うほど儲かる。で、商売のために食っているのがいる」と玉川君(玉川一郎―筆者注)がいう。どういうことか、すぐにはわからなかった。玉川君は説明した。外食券を三円で買って、一円なにがしかの定食を食う。おかずだけ食って、パンは食わない。食うと、大急ぎで降りてまた行列に加わる。外食券は闇で三円。一円なにがし払って、おかずを食い、パンを持って出る。そしてそのパンを「闇市場」へ持って行くと、一つ八円で売れる。「食えば食うだけ儲かる」

「なるほど――」

「文学修業」は一九四六年二月の『新潮』に掲載されている。冒頭部「何もないが、お茶だけはちょうど昨日ヤミ市で買って来たから、それでも飲みながら話そう。」とあるが、お茶を本当に「ヤミ市」で買って来たかどうかはわからない。ただ、「ヤミ市」という裏が表になってしまっている当時の時代背景の中で、この文章は書かれていることは確かである。

②夏目漱石について

この文章の中で、桑原は、漱石についても言及している。

編集の方の紹介によると、君たちは作家志望、でなくとも文学を勉強したい人々だとあるが、そうですか。ところで今までどんな本、文学の方でだ、どんなものを読んだのだろう。工場行きと戦争でひまがなかったって。それはそうだろうが、何か読まなきゃ文学が好きになるわけはないじゃないか。……なるほど、それはみな現代作家だね。もう少し前のものは？　漱石。これは君たち残らず読んでいるんだね。僕の所などへ遊びにくる理科方面の連中でも漱石だけは読んでいる。いろいろ文句をつけてみても、漱石はやはり偉かった、という証拠だね。

（『桑原武夫集２』六頁）

「工場行きと戦争」の中でも、文学好きの若者たちは、当時の作家の作品を読み、また、文科理科を問わず、漱石を読んだようである。この後、「人間の一人々々は実に間違いやすいものだが、人間全体、ヒューマニティーは決してあやまたない、平凡な説のようだが真理だ。」と、戦争に対する考えと敗戦後の空気、漱石についての桑原の評価を語っている。

③優れた作品はどのように生まれるのか

どのようにして、優れた文学作品が生まれるのか、ということについて、桑原は次のように書いている。

またこの真理(「よいものは必ず残り、必ず読まれる。」ということ。筆者注)があればこそ、お互いに文学に本気になれるのじゃないか。もっとも、そういうことは、永遠に愛読されるような優れた作品を作った当の文学者が、いわゆる「永遠の相の下に」世界を見たということにはならない。永遠の相などということを初めから考えていると、実はマンネリズム、悪いアカデニズムになりやすい。実相観入などという言葉も十分注意を要するね。

「永遠の相の下に」はスピノザ（オランダの哲学者、一六三二〜一六七七）の言葉である。スピノザの『エチカ―倫理学―』（島中尚志訳、岩波文庫、一九五一年）には、「物をある永遠の相のもとに知覚することは理性の本性に属する」（第二部定理四四、系二）、「しかし神の中にはこのまたはかの人間身体の本質を永遠の相のもとに表現する観念が必然的に存する」（第五部定理二十二）、「精神は永遠の相のもとに認識するすべてのものを、身体の現在の現実的存在を考えることによって認識するのではなくて、身体の本質を永遠の相のもとに考える事によって認識する」（第五部定理二十九）といった言葉がある。『エチカ』は数学の本のように、定義から公理、定理から証明へと論理を徹底して書かれ、スピノザの仕事であったレンズ磨きのように言葉が磨かれている。

「実相観入」は、言うまでもなく、斎藤茂吉（一八八二〜一九五三）の歌論である。桑原は「短歌の運命」（『八雲』一九四七年一月）の中で、この「実相観入」を「皮相にとらわれず、その底にある真実の相をつかみとれ、という斎藤茂吉の歌論」と説明している。

このあと、桑原は次のように続ける。

僕はむしろゲーテのいったように、偉大な作品はすべて際物、といっては誤訳かもしらんが、必ず現実の環境の中から生まれると信じている。むしろ現在の相の下に、だ。生きている人間は永遠などに誠実になれるものではない。ただ真に現在に誠実に生き書く、そうした誠実の士が後の人々をも必ず打つ、それを永遠の相などというだけだ。（『桑原武夫集２』七頁）

このように、優れた作品は、「文学者」が、初めから普遍的なものを求めて生まれるのではなく、「現在に誠実に生き書く」ことによって生まれるのだ、というのである。

④日本の小説家について

桑原は、漱石の雑文や日記、手紙なども面白いから読むようにすすめ、興味を持った「大作家」の全集を読むことをすすめる。その理由として、「一人の大芸術家と同時に一個の人間を捉える」ことができることをあげている。これが「文学研究の第一歩」であると。そして、自分自身の「学生のころフロベールの全集を、小説は少年期のものから全部、十冊もある書簡集までみな読破した」という。桑原の言う「文学研究の第一歩」はまさに、「近代的自我に向けて成長する作家の物語」を論じる「戦後期から一九六〇年代までの作家論」（石原千秋『読者はどこにいるのか』河出ブックス、二〇〇九年）そのものということもできる。

また、桑原は次のように言う。

日本の小説家の最大の欠点の一つは不勉強、まあはっきり言えば無学だということだ。さっき君たちのあげた人々だって芸はうまいが、そうとう無学だよ。

（中略）

日本の現代作家の多くが、けっきょく「この一筋につながる」というふうになって、狭い世界しか書かない、書けないのは、学問によって広く世界を見る眼を持たないからだ。さっきいったような人々を模範にして小説家になりたいというのなら、僕はとめたいね。日本では小説家の数が少々多すぎる。

（『桑原武夫集２』一〇頁）

ここで、「この一筋につながる」というのは、松尾芭蕉の俳文『幻住庵の記』の次の一節だろう。

「つらつら年月の移り来し拙き身の科を思ふに、ある時は仕官懸命の地をうらやみ、一たびは佛籬祖室の扉に入らむとせしも、たどりなき風雲に身をせめ、花鳥に情を労じて、しばらく生涯のはかりごととさへなれば、つひに無能無才にしてこの一筋につながる」。

桑原は、「第二芸術」執筆以前から芭蕉には関心を持っていたことがうかがわれる。

⑤「作家修業」と芭蕉の俳句

これからの文学者は、「作家修業」などという言葉は「何か住み込みの徒弟制度を感じさせる」から使わぬほうがよい、と言ったあと、

硯友社時代はもう去ったが、まだこんな作家修業などという言葉や、この一筋などという言葉が使われ、芭蕉の『幻住庵の記』などが未だに文学理論に使われたりしているということは、日本の文学がまだ近代化していない証拠で、これを反省せねば本当の小説は生まれるはずはない（芭蕉を認めないのかって。そうじゃない、僕も彼の俳句は好きだ。しかし、元禄の俳諧と現代の小説は根本的に違わねばならない。夏炉冬扇などとはいいたくない。このことはまたこの次に話そう。）だいいち、作家修業などというものはあり得ない。人間修業—現在の今を忠実に生きる以外に道はないじゃないか。

ここで注目したいのは、桑原が、「日本の文学がまだ近代化していない」と言っていることと、「第二芸術」の九ヶ月前に書かれた文章の中で、芭蕉の俳句が好きだ、と言っていることである。

⑥外国文学と外国語のすすめ

戦争文学ばかり読んでいては、「文学への尊敬心を失うのは無理もない」、「日本の今の小説家諸君」は相当責任がある」。「ここ十年位の日本の小説などみな忘れても大して損はない。文学とか、小説とかを考えるときには、もっと大きなものを頭において考えてもらいたい」と語り、外国文学をすすめる。「日本の社会はまだ近代化しておらず、十八世紀程度だとよくいわれるが、文学でも同じこと」だと言う。十九世紀は「小説の世紀」であり、ヨーロッパの十九世紀作家の大作を読むべきだとすすめる。

日本の詩がここまで来たのは西洋の詩にふれて、もっと直接には『海潮音』、『珊瑚集』、『月下の一群』などのお蔭であり、近頃の小説がつまらなくなった原因の少なくとも一つは、「若い小説家たちが外国語を読めなくなったことにある」という。

桑原は、戦争中、大学の書庫に入って西洋の無数の小説に触れ、読むものがなくて困ったことはなく、「小宮豊隆さんが、僕らはまるで特殊飲食店を持っているようなものだね」、といわれたと語っている。小宮豊隆（一八八四年～一九六六年）はドイツ文学者で、夏目漱石の門下生で、俳句にも詳しかった。一九二五年から一九四六年まで東北帝国大学教授の職にあり、戦争中の桑原武夫は同じく東北帝国大学助教授であった。

「小説はまず、面白くあるべきもの」で、「近頃の日本の小説は、どうしてこう面白くない」と言う。荷風の小説は「小説性があって面白かった」が、正宗白鳥の小説の評価については、「新日本文化の建設などといいながら、あんなものに感心していちゃ仕方がない。」と、大佛次郎が正宗白鳥の作品をほめていたことを批判している。

「日本の文学が本当によくなるためには」、政治と同様、「今までの文壇などというものが一おう立ちゆかなくなるところまで行かねば駄目だ」と言う。文学は、政治経済と異なり、地盤がなくても「いかに社会的な文学でも、芸術家個人を通してしか作品にならぬという点において、あくまで個性に立つ文学は—筆一本で仕事をなしうる」と、個人、個性を強調する。また、ルソーやスタンダールを例に、「近代文学は本来、何らかの意味において闘争的な性格を持っている」と言う。

最後は、「人類社会の真の予言はいつも詩人によってなされた—たとえ彼らが無韻の詩や比喩によって語ったにしても」という、デューイの言葉を引用し、「現在の不満をまず痛感し、よりよき未来をさし示すものは文学者でなければならない。偉大な文学は必ず現実的であると同時に理想的だ」と締めくくっている。

二　桑原武夫「日本現代小説の弱点」（一九四六年二月）

①「日本現代小説の弱点」と「俳諧」

桑原武夫は、「第二芸術」の冒頭部で、「日本の明治以来の小説がつまらない理由の一つ」として「作家の思想的社会的無自覚」をあげている。その「安易な創作態度の有力なモデル」として「俳諧」があることを、「文学修行」（一九四六年二月、『新潮』）と「日本現代小説の弱点」（一九四六年二月、『人間』）の中で書いている。この二つの文章は「第二芸術」を桑原の文脈に即して理解するためには読むべき文章である。

②西田幾多郎と小説

桑原武夫は西田幾多郎を先生と呼んでいた。
この文章は、次のように始まる。

> なくなった西田幾多郎先生がまだ京都におられた頃、ある日おたずねすると、先生の机上にローレンスの『チャタレー夫人の愛人《ママ》』のフランス語版がおいてあった。
>
> （『桑原武夫集2』二〇頁）

西田幾多郎は、戦後を生きることはなかった。西田は、一八七〇（明治三）年、加賀国河北郡森村に生まれた。一八六七（慶応四）年生まれの夏目漱石、正岡子規と、ほぼ同時代を生きた。桑原は、一九〇四（明治三七）年、福井県敦賀市生まれ、ちょうど親子ほどの開きがある。一九四五（昭和二〇）年、終戦前の六月七日、西田は七十五歳、鎌倉の自宅で急逝する。尿毒症であった。一九三三年より、鎌倉で夏冬を過ごし、京都と鎌倉の往復生活をした。

先生がこの小説を褒められたのをしおに、私は先生の日本の小説についての感想をうかがった。鷗外、漱石以後のものはほとんど読んでいないが、谷崎の『春琴抄』というのは皆があまりやかましくいうから読んでみた、といわれたので、どうですかと問うと「なにしろ人生いかに生くべきかに触れていないからね。」とのみ答えられた。現代日本の小説というよりむしろその今後の方向を考えるごとに、私はこの言葉を想起する。（『桑原武夫集2』二〇頁）

桑原は、日本の小説が「人生いかに生くべきかに触れていない」という西田の回答に注目する。西洋近代小説はすべて「人生いかに生くべきか」への解答であるという西田の見方が、日本の小説への「不満」の言葉として表れていると桑原はいう。ここで桑原が考えているのは、日本の小説が、今後どうあるべきかということである。

③ 古典文学と西洋近代文学

桑原は、古典文学と対比して西洋近代文学の性格を次のように特徴付ける。

古典文学の「力点は美にあって倫理には無関心」であり、美の追究は「既成倫理に従い」、「そのいとなみ」も既成倫理の埒内で行われた。それに対して、西洋近代文学はルソーにはじまり、根本的特色は「文学の倫理化」にあったのだ、と。

近代文学は、「既成倫理の外に出て文学みずから新しい倫理たらんとする。そして文学者は個性の強力な主張によって社会と対決せんとするごとき姿勢を示しつつ、（略）文学による人間の教育むしろ変革という深い社会性を蔵している」。

この社会との対決と社会性が相関的であるところに近代文学の特色があるといった後、次のように書いている。

> 近代文学者は既成の倫理に満足せず、みずから創始せる価値の基準を作品を通じて社会にひろめ人間を再教育せんとする。少しく誇張していえば、みずから救世主たらんとする権力意思のごときものを含むといってよいのである。
>
> （『桑原武夫集2』二二一頁）

このあと、桑原は、続ける。

社会の複雑化によってその表現は、ルソーにおけるごとく直接的ではありえず、逆説的な場合をも生じたが、スタンダール、ニーチェ、トルストイ、そして今日のジッドに至るまで、偉大な文学者の中心問題はつねに倫理の発見に、人生いかに生くべきかにあったのである。

（『桑原武夫集2』二二一頁）

これは、初めの「なにしろ人生いかに生くべきかに触れていないからね」という西田の言葉と対応する。近代小説は、主義主張を含むものであり、「イデオロギーなきところに近代小説なし」、また、「詩人の現実拒否の態度」は、「近代文学の社会性へのアンチテーゼ」として生まれ、「人生いかに行くべきか」への答えがあるのだ、という。一方、日本の純文学は「風流といった言葉に伝統するごとき社会的無自覚状態の延長にすぎない」。日本の現代小説は「近代生活らしきものを描きつつ近代性には甚だ乏しい」、これが日本の小説界最大の欠点であるという。

④「近代の超克」と「日本芸術の特異性」

ここで、桑原は、「近代の超克」と「日本芸術の特異性」について検討する。「近代の超克」とは、太平洋戦争が始まった翌年、一九四二（昭和一七）年、雑誌『文学界』九月号、十月号に掲載（対談自体は七月二十三、四日の両日、八時間）された座談会のことである。

出席者は西谷啓治（哲学）、諸井三郎（音楽）、鈴木成高（歴史）、菊池正士（物理学）、下村寅太朗（哲学）、吉満義彦（倫理学）、小林秀雄（『文学界』同人）、亀井勝一郎（『文学界』同人）、林房雄（『文学界』同人）、三好達治（『文学界』同人）、津村秀夫（朝日新聞記者）、中村光夫（『文学界」同人）、河上徹太郎（『文学界」同人）である。（『近代の超克』、一九七九年、冨山房百科文庫）。

河上徹太郎は座談会の口火を切って次のように語っている。

十二月八日以来、吾々の感情といふものは、（略）一つの型の決まりみたいなものを見せて居る。この型の決まり、これはどうにも言葉では言へない、つまりそれを僕は「近代の超克」といふのですけれども、この型の決まりから逆に出発して、銘々の型の持味とか毛色とか、さういふものをそれぞれ発見して戴いたり、他人の話を聴きながら、自分の型に関するいろいろな感想も湧き、又結局日本の現代文化といふものが、一つの線に添って、大丈夫それに乗っかって居るといふことが外に向って表現できる、かういふ所が、吾々の狙ひといへば狙ひになると思ふのです。

（『近代の超克』、冨山房百科文庫、一九七九年）

「近代の超克」について、後に、竹内好は次のように書いている。

「近代の超克」というのは、戦争中の日本の知識人をとらえた流行語の一つであった。「近代の超克」は「大東亜戦争」と結びついてシンボルの役目を果たした。（中略）「近代の超克」という知識人ことばは、たぶん民衆ことばの「撃ちてしやまん」や「ゼイタクは敵」に対応するだろう。ここで「民衆ことば」といったのは、民衆がつくり出した、という意味ではない。民衆用に支配者がつくり、それを民衆が消費した、という意味である。（中略）「近代の超克」は知識人が純粋に自家消費用につくり出したものだから、この点は「撃ちてしやまん」とはちがうが、戦争とファシズムの記憶がまつわりついて、複雑な反応をよびおこす点は共通である。

（竹内好『近代の超克』、一九五九年）

桑原は、「日本現代小説の弱点」の中で次のように書いている。

　このように議論をおしつめてくると、近代の超克とか日本芸術の特異性といった言葉を持ち出そうとする人があるかもしれない。（中略）近代の超克といった言葉が、わが国において特に困難な近代化への努力回避の捨て台詞であってはならない。近代を超克せんとするならば、まず近代を身にしみて体験して後、これをその進行の方向において追い越す以外に道はない。近代の超克あるいは進歩の否定といった言葉をもてあそんでいるうちに、近代に完全に克服されたというのが今度の戦争ではなかったか。そして文学もその例外をなすものではないのである。

（『桑原武夫集2』二一五頁）

日本の文学、現代小説の問題を、桑原は戦争との関連で考えようとしていることがわかる。また、「日本芸術のすぐれた特異性」は、心理上の問題として古典芸術にあり、歌舞伎や文楽は欧米人の「若干の賞賛」を博しているが、歌舞伎で満足すればよいといえば滑稽であり、文学も同様であるという。

　今後すぐれた西洋小説の反訳《ママ》が容易に入手できるようになった際、どれだけの読者がいわゆる純文学についてゆくか疑問であろう。（略）戦争中、いわゆる京都学派の人々の哲学書が圧倒的売れ行きを示したが（現文壇人でこの学者たちと同数の読者むしろ崇拝者をもつものは数人を出でまい）、この事実は何を意味するか。（略）しかしかかる事実を招来したのは、日本の小説家の無力のためと解している。青年たちは西洋の大小説を入手しにくかった。またできても、そこにある思想は深くとも描かれた生活はやはり自分たちの生活とかけ離れている。もっと身近な現実についての思想がほしい。ところで、当然その要求を満たすべき職務にある小説家は決してそれを満たしてはくれない。かくて京都学派の哲学者への傾倒に拍車がかかったといえる。文学者の反省を要する現象だと思う。（『桑原武夫集2』二六～二七頁）

桑原は戦争中、「京都学派の傾倒に拍車がかかった」原因を日本の小説家の無力さに求め、日本の現代小説が近代性に乏しく、人生いかに生くべきかを描かなかったことを指摘しているのだ。

「京都学派」という呼び方が初めて見られるのは、一九三二年、雑誌『経済往来』に発表された戸坂潤「京都学派の哲学」のようである。（藤田正勝『西田幾多郎―生きることと哲学』、二〇〇七年、岩波新書）。「京都学派」には、いわゆる「四天王」（高坂正顕、西谷啓治、高山岩男、鈴木成高の四人）の座談会「世界史的立場と日本」がある。この座談会は『中央公論』誌上で、一九四二年一月号、四月号、一九四三年一月号、三回にわたって掲載された。西谷、鈴木の二人は、前述の座談会「近代の超克」にも出席している。

また、桑原は、日本の現代小説家は「学問的趣味的教養はかなり低い」といい、つぎのように、書いている。

日本にすぐれた戦争文学のほとんど生まれなかった原因は、外的圧迫や拘束のためよりも、むしろ作家の思想教養の不足に帰すべきであろう。戦争のごとき大きなものは肉眼のみをもっては見えないのである。
（『桑原武夫集２』二一五頁）

この後、日本の火野葦平『麦と兵隊』、西洋のスペイン内乱を描くアンドレ・マルロー『希望』を比較する。前者は、「作家の力量に敬意を払うが、戦争は少しも新しい目をもって見られてはいない」。後者は、「描写力においても遙かに優っているが、さらに死の形而上学や戦争と学問芸術の関係の考察などが戦闘と交錯することによって、戦争は厚味をまして読者に迫る」、と。

⑤「日本の私小説」と「小説を志す青年たち」へ

「思想と体験を欠き、社会性を自覚せずに小説を書こう」とすれば「私生活を語る」以外にない。「作家の個我は社会と対決する」ように強烈ではなく、「人生いかに生くべきか」の問題性はなく、作品にしようと思えば、自己をせばめ、文章の技巧によるしかなくなる。これが日本の私小説の生まれる背景である。

また、日本では「古来の小説はつねに詩と密接に結び」つき、その「叙情性への執着」が本格的近代小説の発生を妨げた。一方、西洋の物語は、詩形で書かれたが、近代小説は、「詩の形および精神との分離むしろ意識的拒否」によってはじまったという。

日本では、小説家は芸術家というより、手工業的職人とみなされ、文章の熟練工と考えられ、戦争中、「軍部は小説家を徴用して前線に送った」と、桑原は書いたあと、次のように続ける。


私は、明治以来の文化中取るに足るのは小説のみ、といわれる狩野直喜先生の言に賛成するものであって、不毛の土地にあれだけの花を咲かせた明治以後の文学者の努力に感謝しているものである。ただ年来、鬱蒼たる大美林を彷徨し来ったものとして、わが国土に愛すべき草花のみでなく亭々たる巨樹をも生育させたいという希望を禁じえない。私の議論はすでにそれぞれのスタイルをもつ既成の作家たちを動かすことはできぬのであろう。また動かそうと思わぬ。ただこれから小説を志す青年たちのために書いたのである。（『桑原武夫集2』三二一頁）

日本はいま（一九四六年二月）「明治維新などとは比較にならぬ大変革期」にあり、文化にも「一つの革命のごときもの」が必至である。日本の文化は「不可避のものを回避せんとするのではなく、これをよく自覚的に導くことによってのみ」よくなる。と、桑原は、自説を展開する。「これから新しい小説の道に進もうとする若い人々」にむけて最後に次のようにいう。

芸術は俗にいわれるごとく直接人生社会の観察から生まれるのではなく、実はすぐれた芸術品の模倣に胚胎する。（略）現在有名な作品にあまりこだわることなく専ら西洋の近代小説の傑作に打ち込んでみるがよい。そして現実を見るのがよい。小説を、和歌や俳句を作ると同じような気持ちで書くことができぬようになるのがよい。日本の古典もしばしかたわらに置いてよい。そこへ帰ってくる時間は必ずある。（略）ジッドは自分はフランスの作品より外国文学によって養われたと告白している。（略）覚悟と努力をもって臨まねば、諸君は単なる小説書きにおわるだろう。

（『桑原武夫集２』三二一頁）

このように、この文章は、あくまで「これから新しい小説の道に進もうとする若い人々」の読者を念頭に、今何をなすべきかを書いているのである。小説を書くには、和歌や俳句を作るのとは別の覚悟と努力が必要なのだと。

第七章 「俳人」桑原武夫と芭蕉

桑原武夫「第二芸術」（『世界』、一九四六年十一月）が発表されたのは、まさに占領下の日本であった。半藤一利・竹内修司・保阪正康・松本健一の四氏の体験をふまえた座談会の記録、『占領下日本』（筑摩書房、二〇〇九年）の中にこんなエピソードがある。

松本 ……もう十何年前のことですが、私が京都の精華大学を辞めるときに、京都のお茶屋さんで送別会みたいなものがありました。それで、鶴見俊輔さんも一緒に、指定されたお茶屋さんに行ったのです。
そうしたら、そこが京都大学の桑原武夫の贔屓のお茶屋さんでした。壁とか柱に色紙が下がっていて、桑原武夫の俳句があるのですよ。それでね、「これは誰の？ まさか桑原武夫さんの？」と鶴見さんが女将に聞いたのですよ。「いやあ、うちは贔屓にしてもらいましたから」と言うのです。それじゃあ記念に貰っていこうと、鶴見さんは色紙を二枚貰っていかれました。「しかし、俳句第二芸術論をやって批判した人が、こんなところで俳句を書いているとはね、ちょっと問題があるな」などと言っていました。

竹内　じゃあ残りはそこにあるのですか？

松本　あります。

鶴見俊輔は、一九四八年、桑原に誘われて二十六才で京都大学の助教授となった。対談の記録がどこまで、事実と各発言者の真意を伝えているか不明な部分もあるが、鶴見は桑原が俳句を書いていたことを知らなかったのであろうか。

四氏の対談は続く。

半藤　……私が『文藝春秋デラックス』の編集長をやっている頃に、芭蕉、蕪村、一茶についての本を作ったことがあります。そこで、桑原さんが今もそう思っているかどうか、電話をしてみました。「いいよ、しゃべってあげるよ」というので談話を取りに京都のお宅に行ったら、「俺の俳句が下手だと馬鹿にされたので、不愉快でしょうがなかった」と言うことをまず前提にして、この第二芸術論について思い出を語ってくれました。それほど深い意味はなく、ただ俳句に対して恨み骨髄であったのだというあっけらかんとした話でした。どうも、私たちが受けた衝撃ほど、本人は深刻に考えていなかった。

ここで、桑原についての四氏の話は終わる。半藤氏の言うとおり、「それほど深い意味はなく、ただ俳句に対して恨み骨髄であった」から、「第二芸術」を書いたのだろうか。少なくともここでわかることは、桑原もまた、俳句を書く人、つまり「俳人」であったということである。

一 「第二芸術」（一九四六年）の中の芭蕉

桑原は、「第二芸術」の中で芭蕉に言及している。芭蕉については主に以下の三点である。

一つは、芭蕉が生きた時代は、「将軍みずから「四書」を講ずるといった（中略）古典的学問の向上期にあった」。

二つ目は、芭蕉以後に、俳人が堕落したのは、「芭蕉を崇拝し続けた」結果である。

三つ目は、芭蕉は西行（一一一八～一一九〇）や杜甫（七一二～七七〇）に学んだが、それは「和歌、漢詩というごとき別の形式であったために、精神のみを抽出消化せざるをえず、伝統精神を取り入れつつもマンネリズムに陥ることを避け」ることができた。

桑原が言うのは、芸術において、「天才の精神と形式」とを同時に学ぶことは許されず、もし、同時に学ぶならば、「精神は形式に乗ったものとして受けとられ、精神そのものも形式化するのは必然である」ということである。精神と形式についての桑原の見方は示唆的である。

二　桑原武夫「芭蕉について」（一九四七年）

「第二芸術」から五ヶ月後、一九四七年四月の『東北文学』に、桑原は「芭蕉について」という文章を書いている。タイトルの後に「—青くてもあるべき物を唐がらし　芭蕉」とある。まず、西洋文化の伝わらない明治以前の日本人で、一番尊敬されているのは、「俳人芭蕉ではないかと私は思う。」と書き出す。「明治の変動をへても、また子規の批判をへても芭蕉の声望はゆるがなかった」と続ける。「俳聖などという言葉」は、「満州事変以後の反動期」に入ってからつくられたのだ、と。この時期の「日本主義的文化統制の目的」は、「日本的なものを軍国主義に引きよせて利用する」ことにあった。『源氏物語』や和泉式部、近松、西鶴は「柔弱またはワイセツ」として敬遠され、『万葉集』が相聞の歌が多すぎと思われる中で芭蕉は少しも変わらず尊敬され、日本文学報国会は芭蕉三百年祭（一九四二年）を盛大に行った。敗戦後も「芭蕉の尊敬者、愛好者」は絶えない。芭蕉の俳句の「本質」は、このような「特異な外的現象」と密接に結びついている、と桑原は考えるのである。

鈴木貞美『日本の文化ナショナリズム』(平凡社新書、二〇〇五年)は、芭蕉の世界のすばらしさを力説した野口米次郎と当時の芭蕉再評価について、次のような内容のことを書いている。

一九一四年、野口は、オックスフォード大学などで講演を行い、『The Spirit of Japanese』にまとめた。ハイクは、ヨーロッパではことば遊びの面白さで着目されていたが、野口は「短くやさしい言葉に暗示的に精神の高みを示す詩として、芭蕉を紹介した」。当時、イギリス詩壇では象徴詩ブームで、ウィリアム・ブレイクの詩が絶賛された。一九一〇年創刊の『白樺』十一月号には、「自然のうちに『精霊』を見出してきた日本の芸術と同じ道を自分は歩む」というロダン(フランスの彫刻家)のことばが掲載された。エズラ・パウンドによるイマジズムの詩の運動、ソ連の映画監督エイゼンシュタインのモンタージュの手法は俳句の影響を受けている。日本でも象徴詩派詩人に芭蕉礼賛が起こる。短歌雑誌『潮音』主宰の歌人太田水穂によって、「芭蕉俳諧の全体像を解明する機運が作られ」、一九二〇年、幸田露伴、沼波瓊音、阿部次郎、安倍能成、和辻哲郎、小宮豊隆らと芭蕉俳句の勉強会をはじめ、『潮音』に座談会が掲載、一九二二年から『芭蕉俳句研究』三巻が刊行された。

桑原の言う「満州事変以後の反動期」は一九三一年に起きた柳条湖事件に始まるが、それまでにこのような芭蕉再評価の流れがあったと考えられる。

では、なぜ、「文化否定の攻勢のさなか」でも「芭蕉のみがよく抵抗しえた」のか。桑原は作品が優れていたことを前提に次のようにまとめる。

第一に、「芭蕉の芸術が風雅の世界のものである」、ということ。芭蕉の尊敬した杜甫と大きく異なり、「現実の人生や社会に対して何ら積極的な態度を示さぬ、いわば無の態度、純粋の態度だから、いかなる時代の嵐もこれを倒しえない」。

第二に、芭蕉の作品に「恋愛がほとんどないことも戦時下の芸術として守りやすかった」。

第三に、「俳諧は身辺の日常性を歌う詩」だが、生活のリアリティはない。「風雅というベールをへだてて物のニュアンスを短い詩形の中にとらえる」。これも時代によって左右されない点のひとつである。

第四に、日本の社会は明治以来「外面的にひどく変わったように見えて、実は古いものを多く残して」おり、元禄時代の芭蕉の作品をわれわれに理解させることに貢献している。

第五に、俳諧の愛好者は今も非常に多く、またその多くはみずから作句しているので、「その芸術様式につよい愛着をもっている」。

第六に、戦争中、文化人一般の中に、「芭蕉は文化への攻勢に対する」「最後の防衛線」という気持ちがあったにちがいない。

戦後も芭蕉が人気を集めるのは、この六つの理由によると桑原は言う。特に、桑原は第六の理由に注目し、次のように書いている。

……戦争は完全に負けはて、日本精神は否定され、外国の制度が直輸入され、醇風美俗はくつがえり、なにか心さびしいときに、日本がいかにひどい有様になっても、やはり光っているもの、これこそわれわれの心の故郷といいうるもの、それを欲しないものがあるだろうか。そのとき、傷ついた日本人の心をあたたかに包んでこれそうなもの、それを人は俳諧に、芭蕉の世界に求めるのである―そして芭蕉の句は美しい。

（「芭蕉について」、『桑原武夫集２』二〇四頁）

以上の六点が、桑原の考える戦時下でも芭蕉の評価が揺るがなかった理由である。しかし、桑原の文章はここで終わらない。

三 「日本文化の世界的見直し」という観点

「芭蕉について」では、一九四七年当時の「今日のわれわれの課題」である「日本文化の世界的見直し」という観点から「若干の疑問」を次のように書いている。

日本のインテリは、西洋近代文芸精神の「不徹底な理解」と「一種の劣等感」によって、芭蕉をはじめ元禄の近世文芸を西洋的に見てしまうようになった。西洋には俳句がないため、簡単に比較ができなかったことにも芭蕉の長命の理由があるが、「芭蕉の偉大さを西洋の観念でよそおうて自己をなぐさめるようなところ」があった。そのため、芭蕉の性格が変化し、「近世が近代にすりかえられる危険」が生じた。「俳諧精神の否定」から出発した」萩原朔太郎までが、「芭蕉ヒューマニスト説」を唱え、学者も芭蕉を西洋風の「人生詩人」に見立ててしまった。

近代文学の「誠」は、「既成倫理を反発して、自己が倫理創成の主体になろうとする個体の自覚」であるのに対して、「芭蕉の誠」は、「表現のための誠実、あるいは表現における誠実」であった。芭蕉は、「貞門の型、談林の型」を破ったが、「日本中古の文学と唐宋詩文の伝統」を受け継いだ。「内的自己の革新」の上に「新しみ」を創造したのではない。芭蕉の「求道精神」とは「表現のための不断の工夫をこらす」ことなのだ、と桑原は言う。

桑原は、次の『野ざらし紀行』にある、よく知られた「捨て子」の場面を取り上げる。

「富士川のほとりを行くに、三つばかりなる捨子の哀れげに泣く子あり。（中略）小萩がも

との秋の風、こよひやちるらむ、あすやしをれんと、袂よりくひ物なげて通るに

猿を聞人捨子に秋の風いかに

いかにぞや汝、ちゝに憎まれたるか、母にうとまれたるか。ちゝは汝を憎むにあらじ、母は汝をうとむにあらじ。只これ天にして、汝が性のつたなさを泣け。」

この場面で、「もともと泣きさけぶ赤ん坊などいなかった」のであり、芭蕉は、「悲壮的風景をつくりあげ、いかに、といってみたにすぎない」と桑原は言う。ここにあるのは「一個の美文」なのだ。芭蕉は、「談林調を破って新風を開くために」中国文学を持ち込み、「中国詩文独特の悲愁の味」を持ち込もうとしたのだ、と。

芭蕉の句には、「近代文学の常識」では、「ヒョウセツ以外の何ものでもない」句が多々あるが、「近代的個我」の自覚のない芭蕉の時代に「ヒョウセツという観念」はない。

しかし、芭蕉の作品の出所を突き止めるのは、その芸術を否定することにはならない。「伝統によって与えられたシェーマによってものを見るか、みずからそのシェーマを作ろうとするか」が、「古典的伝習的あるいは古人との協同にもとづく芸術」と「近代的創造的芸術」を分ける。

俳諧という芸術様式は「同好の人々のサロン芸術」であり、「独立した俳句にもこの性格は失われていない」。一人のみを、「一つの協同のアトモスフェアー」から切り離すことは危険であり、「あそび」の要素、つまりユーモアも忘れてはならない、と桑原は言うのだ。芭蕉の俳諧は、近代文学の常識ではなく「日本的」に考えてみるべきなのだ、と。

芭蕉は、近代の芸術家としてではなく、近世の「協同のアトモスフェアー」の中で、すぐれた芸術家だ、と「俳人」桑原武夫は、むしろ芭蕉を高く評価しているのである。

第八章　鶴見俊輔と桑原武夫

肉太の大きな文字、配色の鮮やかな、田村義也による装幀の鶴見俊輔『限界芸術論』（一九六七年、勁草書房）の「あとがき」に、鶴見俊輔は、次のように書いている。

この本も、他の私の本とおなじように、つきあいの歴史をもっている。一九五一年ころ、京都で、桑原武夫、多田道太郎、樋口謹一の三氏と、大衆芸術について議論する会があった。

ここに書かれた一九五一年の五年前、桑原武夫「第二芸術」が『世界』一九四六年十一月号に掲載された。その約半年前、桑原武夫は、鶴見俊輔の二つの文章に出会っている。鶴見俊輔とは、どのような人物だったのだろうか。

一　鶴見俊輔の祖父後藤新平と父鶴見祐輔

鶴見は、多くの回想やインタビューの中で、過剰なまでに自らの半生と家族を語った。これは、鶴見の生育歴や体験が、その思想形成と行動に非常に大きな影響を与えたことを物語っている。鶴見が特に語ることの多かった祖父と父親はどのような人物だったのか。

鶴見俊輔は一九二二年（大正十一）六月二十五日、東京市麻布区（東京都港区元麻布三丁目）に生まれる。父は鶴見祐輔、母愛子。姉和子。母方の祖父は後藤新平である。住居は、後藤新平の邸内にあった。

母方の祖父、後藤新平（一八五七〜一九二九）は、初代南満州鉄道総裁、第二次桂内閣逓信大臣、寺内内閣内務大臣であった。一九一八年には外務大臣となり、シベリア出兵を推進した。その後、一九二〇年東京市長となり、三年後の一九二三年、関東大震災に見舞われる。一部には遷都論もあった中で、内務大臣として東京復興計画立案の中心となった、父鶴見祐輔（一八八五〜一九七三）は、一九二八年衆議院議員となり、一九四〇年米内光政内閣の内務政務次官、その後翼賛政治会顧問となる。この間、アメリカ、オーストラリアなどを歴訪し、海外の対日世論悪化防止にも尽力したようだ。敗戦後は日本進歩党を結成したが、一九四六年に公職追放。一九五三年参議院議員に当選、第一次鳩山一郎内閣の厚生大臣。一九五九年に政界を引退する。『南洋遊記』（一九一七年）、『英雄待望論』（一九二八年）、小説『母』の著書もあり、多才である。（黒川創『鶴見俊輔伝』新潮社、二〇一八年、他）

二　鶴見俊輔（一九二二〜二〇一五）について

では、後藤新平を祖父に、鶴見祐輔を父に持つ鶴見俊輔本人はどうか。一九二二年に生まれた鶴見は、一九三八年九月渡米、マサシューセッツ州コンコードにある寄宿制の男子予備校ミドルセックススクール（イギリスのパブリックスクールに合わせて作った学校）に入学する。ここにいたるまでの自らを、鶴見はしばしば「不良」と呼んでいるが、必ずしも一般的な意味において「不良」ということではなく、生育環境やあくまで彼の母親の規範意識からきたことばであったようだ。

一九三九年ハーバード大学哲学科に入学。在学中の一九四一年十二月八日、真珠湾攻撃、一九四二年三月、鶴見はFBIに連行され東ボストン移民局に留置される。同留置所内で卒業論文を執筆し、ハーバード大学を卒業する。

鶴見は、戦争の最中にアメリカの大学を卒業したことについて、「ハーバード大学がもっている全体の雰囲気が、鶴見さんに与えたのはどういうものだったんでしょうか？」という塩沢由典の質問に次のように答えている。

アメリカの国ができたのが一七七六年で、ハーバード大学ができたのは一六三六年です。アメリカの国よりも百四十年早く存在していた。真珠湾攻撃の三ヶ月後、一九四二年三月に、私は敵性外人の無政府主義者として連邦警察（ＦＢＩ）に逮捕されますが、そのことを大学は私への評価に関わりないものと見た。公聴会形式の簡易裁判があって、二票対一票でやられた。ハーバード・ビジネス・スクールの教授は釈放していいといったが、カトリックの坊さんと市民代表が私を「監禁相当」という量刑にしたんですね。アーサー・シュレジンガーが特別弁護人に立ってくれて、私も自分の意見をいった。「私は帝国主義戦争のどちらにも加担しない。どちらが正しいかといえば、より多く私はアメリカの戦争目的が正しいと思う。」そういう要旨なんです。（中略）私は禁固相当になったけど、大学の評価はそれに左右されない。無関係です。教授会の投票で「卒業させてやろうじゃないか」という結論になって、一年飛び級で卒業できた。日本ではこういうことは考えられない。国家より前から存在している大学としての誇りじゃないでしょうか。　（鶴見俊輔『期待と回想〈上巻〉』、三七頁、晶文社、一九九七年八月刊）

アメリカでの収容所生活を経て、一九四二年六月、日米交換船グリップスホルム号に乗り、アフリカのロレンソ・マルケスでの交換を経て、八月二十日に浅間丸で日本に到着する。帰国のわずか四日後に徴兵検査を受け合格する。一九四三年二月、海軍軍属通訳として、ジャカルタ在勤海軍武官府に着任する。一九四四年シンガポールで海軍第二十一通信隊勤務。一九四五年四月から横浜市日吉の海軍司令部に勤務、八月十五日天皇のラジオ放送。

敗戦から九ヶ月後の一九四六年五月十五日、『思想の科学』を創刊する。(鶴見俊輔『期待と回想　上巻』、黒川創『鶴見俊輔伝』二〇一八年十一月号、『現代思想』二〇一五年十月臨時増刊号「総特集=鶴見俊輔」他を参考)

三　桑原武夫と鶴見俊輔の出会い

桑原武夫は一九〇四年(明治三十七)五月十日生まれである。鶴見と桑原の出会う一九四六年、鶴見二十四才、桑原四十二才、桑原は鶴見からすれば父親より若い年代である。

鶴見は、一九九三年四月、塩沢由典の質問に次のように答えている。

一九四六年に「思想の科学」の創刊号を出してしばらくしたら、仙台にいる桑原さんから自筆の手紙が来て、「この雑誌はとてもよい雑誌だと思うので一年分の購読料を同封します」。感激しましたね。

どうして、桑原さんが「思想の科学」を知ったのかというと、当時、桑原さんの家に土居光知（英文学者・日本古典文学研究者）が居候していた。土居さんが東北大学の教授で桑原さんが助教授なんですが、桑原さんは一家を構えているし、土居さんは家族は東京に置いていたんです。土居さんに対して桑原さんは終わりまで信義を尽くしましたよ。（略）

その土居さんに「思想の科学」の執筆の依頼をしたんです。土居さんは基礎日本語をつくった人ですから、「いま、日本語の変わりようについてどう思うか」という原稿を依頼した。土居さんは創刊号と二号を見て——二号に私は「ベイシック英語の背景」を書いていますから、それを読んで「きちんとしている」と思って桑原さんに推薦した。桑原さんはそれを読んで金を送ってきたんです。そういう関係です。（前出、鶴見俊輔『期待と回想〈上巻〉』、五四頁）

このように、桑原は、『思想の科学』創刊号と第二号の鶴見の文章を読んで、購読を始め、ここから二人の交流は始まる。また、桑原の人柄の一端がうかがわれるエピソードである。

四　鶴見俊輔の二つの文章

桑原武夫「第二芸術」が『世界』一九四六年十一月号に掲載された約半年前、桑原武夫が読んだ、鶴見俊輔の二つの文章はどのようなものだったのだろうか。

一つ目の、鶴見俊輔「言葉のお守り的使用法について」は、『思想の科学』一九四六年五月号（創刊号）に掲載された文章である。

この中で、鶴見は「言葉のつかいかた」を「主張的」と「表現的」との二種類に分け、主張として使われる文章を「主張的命題」、表現として使われる文章を「準表現的命題」と呼んでいる。鶴見のいう「主張」とは「実験か論理のいずれかによってその真偽をたしかめる」ことをのべる場合である。「表現としてつかう」とは、今日通常使われる「表現」とは少し異なり、「むこうへゆけ」とか「〇〇はいい」のように、つかう人のある状態の結果としてのべられ、相手に「影響を及ぼす役目を果たす」。

ここで鶴見が取り上げるのは、かたちは主張的命題らしくみえるが、実質的には「準表現的命題としての働きをするもの」である。例としてあげているのは、戦中の「米英は鬼畜だ」という「命題」である。これは、「それを言った人が米英をきらって攻撃しようとする状態を表現したものだから、「主張的命題」のように見えても、実は「主張的命題」ではないので、こういうものを「ニセ主張的命題」とよぶ」。太平洋戦争中、この命題は、「ニセ主張的命題」としてもつ意味が自覚されていなかったため、多くの人々に、「主張的命題とおなじ性格のもの」としてあつかわれていた。

タイトルにもなっている「言葉のお守り的使用法」とは、鶴見の定義では、「言葉のニセ主張的使用法の一種類」で、「意味がよくわからずに言葉をつかう習慣の一種類」である。また、その使用法は、「住んでいる社会の権力者によって正統と認められている価値体系を代表する言葉を、特に自分の社会的・政治的立場を守るために、自分の上にかぶせたり、自分の仕事の上にかぶせたりすること」をいう。この背景を鶴見は次のようにいう。

もし、大衆が言葉の意味を具体的にとらえる習慣をもつならば、だれか扇動する者があらわれて、大衆の利益に反する行動の上になにかの正統的な価値を代表する言葉をかぶせるとしても、その言葉にまどわされることはすくないであろう。言葉のお守り的使用法のさかんなことは、その社会における言葉のよみとりの能力のひくいことと切りはなすことができない。「お守り的使用法」は、言う人、呼びかけられる人のどちらにも自覚がなく、「認識とは独立した表現としての働き」を持つという意識がはっきりしない。鶴見は、次のように言う。

「お守り的」に使われるさまざまな言葉を、人々がただのかざりとして、眉につばをつけてあつかうならば、これらの言葉にまどわされてしらずしらずのうちに戦争になめらかにすべりこむことは、もっとむずかしかったであろう。

このように、この「言葉のお守り的使用法について」は、戦争突入、戦争、敗戦という時代背景で書かれた文章である。

ここには、桑原武夫「第二芸術」と同様、「戦争とことば」という共通の問題意識がある。次に、鶴見は、「言葉のお守り的使用法」の歴史をたどり、性格を明らかにする。「戦争時代に入るまでは、「いろいろな傾向の人々が自分勝手な計画を実行するに際して、その成功を祈る意味で、魔よけとして、あるいはその事業の上に、あるいはその思想の上にこの言葉をかぶせた」。満州事変を境に、「お守りを身につける自由」はせばめられ「好戦的思想をもつものだけがこれをおびる資格あり」と見なされるようになる。敗戦時の変動も、「おなじお守り言葉の持つ意味のふりはばを活用してなされた」。

敗戦後、新たに「お守り言葉」としてさかんに使われるようになったのは、「アメリカから輸入された「民主」「自由」「デモクラシー」などの別系列の言葉であった。

鶴見は次のように書いている。

言葉のお守り的使用法を軸として日本の政治が展開されるならば、国民はまた、いつ、不本意なところに、しらずしらずのうちにつれこまれるかわからない。このことは、日本的系列の言葉を採用しようとアメリカ的系列の言葉を採用しようと、似た事であり、「国体」の名のもとにも、「唯物」の名のもとにも、非常に悲惨なことが行われ得る。専制制度下に訓練された国民は、お守り言葉の系列をなにかの手段で一変させたとしても、言葉をお守り的につかう習慣とその害からはにわかにはまぬがれがたい。

一九四六年五月の時点で、戦前の「お守り言葉」のみでなく、「アメリカ的系列の言葉」、「唯物」も同様に対象としているところに、鶴見の主張の独自性がある。

鶴見は、日本で「言葉のお守り的使用」がさかんな理由として、①封建制、②貧困、③ふるいことに価値の規準を求める習慣、④天皇制、⑤漢字、⑥島国であるという条件、以上の6点を指摘する。また、日本で「言葉のお守り的乱用の危険」をすくなくするためには、社会条件の変革が第一であり、他は第二義的なものであるが、言語習慣研究の立場だけからみると、形式的改革と機能的改革の二つの方法があると鶴見は考える。形式的改革とは、意味のわかりにくい漢字言葉を少しずつへらしてゆく方法であり、機能的改革とは、言葉の意味の説明を、おなじ意味の言葉による機械的おきかえによらないで、ものそのもの、事件そのものをあきらかに示すことによって練習することなどである。形式的改革と機能的改革との二つをないまぜた改革方法のひとつの例としてあげているのは「基礎日本語の確立による国語教育の改革」である。

鶴見は、「言葉のお守り的使用法について」に関して次のように書いている。

「言葉のお守り的使用法について」はオグデン、リチャーズ、その付録にあったマリノフスキーの影響を受けている。これは、コミュニケーション論です。

（鶴見俊輔『期待と回想、上』、一四一頁）

オグデンとリチャーズには、共著『意味の意味』（一九二三）がある。鶴見は、この本を戦争中にジャワで読み、この本の付録としてついていた論文の著者マリノフスキーを知った、という。ジャカルタの図書館で借りたマリノフスキー「未開人の言語における神話」が「言葉のお守り的使用法について」のヒントになった、とふりかえっている。

二つ目の文章である「ベイシック英語の背景」は、『思想の科学』第二号（一九四六年八月）に掲載され、「言葉のお守り的使用法について」といわばセットになっている。鶴見が「言葉のお守り的使用法について」で影響を受けたという、オグデンとリチャーズのBasic Englishの紹介となっている。Basic English　は、八五〇語の「ベイシック・イングリッシュ」を使って表現するもので、いわば「お守り的」言葉を使わずに思考し表現するということで、二つの文章は密接につながっている。

五　オグデンとリチャーズ、鶴見俊輔、桑原武夫

鶴見俊輔が影響を受けたというオグデンとリチャーズに関して、桑原武夫は、一九五三年四月の「文藝春秋」に、「みんなの日本語—小泉博士の所説について—」と題して、次のように書いている。この前年の一九五二年には、サンフランシスコ講和条約が発効し、ＧＨＱは廃止されている。

日本の一般大衆に八世紀の『万葉集』や十一世紀の『源氏物語』を読ませる必要があるといって、日常生活でも一千年前のかなづかいを守れというのでは、話が無理ではなかろう

か。だいいち、今日『万葉集』を万葉仮名で読んでいる人はほとんどないのである。もし識者が日本の古い文学をひろく国民に読ませようという熱意をもつのなら、オグデン＝リチャーズに学び、すみやかに当用漢字と現代仮名づかいの現代版の作成に着手すべきであろう。

（『桑原武夫集3』五一三頁）

桑原が、「第二芸術」の中で行った実験はリチャーズをヒントにしており、一九五〇年の桑原の著書『文学入門』の「はしがき」では、「私はデューイ、リチャーズ、アランから多くのことを学んできた。」と書いている。

桑原の『文学入門』と同時期の一九五〇年一月発行の鶴見俊輔『アメリカ哲學―プラグマティズムおどお解釋し、發展させるか』（世界評論社）の第一章の冒頭は次のように始まる。（仮名遣いは当時のままである。）

プラグマティズムの出生わ、もはや傳説の一部となつてしまつた。これの出生の立會人となつたのわ、八人の若者であるが、この人たちののこした證言が、まちまちなのである。

（前掲書　三頁）

内容以前に、この時期の出版物の仮名遣いそのものに著者の主張が表れていることがわかる。

内容に関していえば、この本にはデューイの章が見当たらない。鶴見は、『たまたま、この世界に生まれて　半紀後の『アメリカ哲学』講義』の中で次のように語っている。

アメリカの大学にいた三年間は私としてはめずらしく一番病だったんだね。デューイは読んでいたけど、あまり高く評価していなかった。（前掲書　九九頁）

この時期までの桑原と鶴見の違いは、デューイに対する評価である。

六　鶴見俊輔から見た桑原武夫像

鶴見は桑原の学風と人柄について、次のように語っている。

桑原先生は、戦争が終わってすぐに仙台で、戦時のうっぷんを晴らして「第二芸術論」というのを書かれて、これは私は著者を存じ上げないで、読者として読みました。明晰判明の旗印を掲げて論壇に出られた方です。私は学風においてはその弟子じゃないんです。私はその頃、『総合文化』という雑誌に「戦後小説の形」というのを書いて、「曖昧さが重大だ。明晰判明にする努力は必要だけれども、もとの混沌に返る曖昧さが創造性のもとだ」という、そういう考え方で出てきたので、対立するものなんですね。（中略）対立するものを畏れないというのが桑原先生の学風ですね。それを私は桑原先生の偉大さだと思います。母性的な人間像というのは、私の安全を考えてくださったという意味で母性的だと思うんですが、やはり母性的というのは自分に対抗する若い人が出てきたときに畏れないという態度をも意味すると思うんです。（杉本秀太郎編『桑原武夫―その文学と未来構想―』、淡交社、一九九六年、九八頁）

桑原の「明晰判明」と「第二芸術論」について、二〇〇六年、鶴見は、次のように語っている。

桑原（武夫）さんと私は、俳句についての考え方が違う。（略）桑原さんは自分とまったく違う意見をもつ人間として、京大に私を引っぱった。私の考えを話したのを、桑原さんはすぐに使っているんだよ。持論の展開の早い人なんだ。何に使ったかっていうと『中央公論』に書いた宮本百合子論（「戦後の宮本百合子」）のなかに、「自然はもはやありのままでは描出されず、人物の心理ないし行動と緊密に結びついたものとして、従ってなにほどかの象徴性を帯びてしか表現されない」。(「戦後の宮本百合子」は一九四九年四月、『中央公論』に掲載—筆者注)(略)これが、明らかに、京大に来るまでの私が桑原さんに対してもった影響だ。桑原さんって、ものすごく懐の深い人だったんだよ。すでにそこで「第二芸術論」を修正している。それまでは、明晰判明というデカルト流の考え方だったんだ。

(鶴見俊輔『たまたま、この世界に生まれて　半紀後の『アメリカ哲学』講義』、編集グループSURE、二〇〇七年、一〇四頁)

また、一九四九年に鶴見は京都大学人文科学研究所西洋部の助教授となるが、その経緯を次のように語っている。

そのうち占領軍の言語課長ハルバーンが大学制度の新設に影響力を持つようになって、桑原さんが京都大学にもどされ、他に助教授が必要になった。桑原さんは京大から追い落とされたんですよ。教授にしないという条件で東北大学が助教授にした。(略)京大教授に就任したとき鳥養利三郎総長のところへ挨拶に行って、「私は助教授には京大出身の人は採りませんよ」といった。鳥養さんは電気出身の人だから学歴にこだわらない。それで桑原さんがひっぱってきたのが私だった。(鶴見俊輔『期待と回想、上』、五四頁、晶文社、一九九七年八月)

これは、あくまで、鶴見俊輔から見た桑原武夫像なのかもしれない。

七 「十五年戦争」という呼称

一九三一年九月の柳条湖事件から一九四五年八月の敗戦までを「十五年戦争」と呼んだのは、鶴見俊輔であった。鶴見によると、「十五年戦争」という言葉をはじめて使ったのは、『中央公論』一九五六年一月号(『戦時期日本の精神史 一九三一－一九四五年』(岩波書店、一九八二年)で、二つの文章から約十年後である。

一九四六年五月に書かれた前述の「言葉のお守り的使用法について」では「太平洋戦争」となっている。「太平洋戦争」という呼び方は、一九四五年十二月、連合国軍総司令部(GHQ)民間情報教育局による「太平洋戦争史」が各新聞に掲載され、同月にGHQは「大東亜戦争」などの用語を公文書に使用することを禁じた(成田龍一『近現代日本史と歴史学』、中公新書、二〇一二年)ことによる、と考えられる。

私のこどもの頃、満州事変が始まった、上海事変が始まった。日支事変が始まった。大東亜戦争が始まったというように、ばらばらに、ニュースが伝わってきた。そのために、主観の側からとらえると、それぞればらばらの戦闘行為が起こったようにうけとってきた。それでは変だと思うようになったのは、敗戦後のことで、ひと続きのものとしてとらえるほうが事実に（私の意識上の事実ではなく）あっていると思うようになった。

（鶴見俊輔『戦時期日本の精神史　一九三一〜一九四五年』、岩波書店、一九八二年）

一九二二年生まれの鶴見は、一九三一年の柳条湖事件、満州事変の時は九歳、アメリカで日米開戦に遭い、捕虜収容所をへて、二十歳で交換船に乗って日本に戻り、一九四五年の敗戦は、二三歳の時であった。

戦争を一続きのものとしてとらえる発想は、「私の意識上の事実ではなく」とあえて書いているが、鶴見のアメリカと日本での体験なしでは生まれてこなかったのではないだろうか。

八　鶴見の二つの文章と「第二芸術」と時代

桑原は「第二芸術」の最後に近いところでこう書いている。

私の希望するところは、成年者が俳句をたしなむのはもとより自由として、国民学校、中等学校の教育からは、江戸音曲と同じように、俳諧的なものをしめだしてもらいたいということである。

（『桑原武夫集2』一四一頁）

桑原の「第二芸術」と鶴見の二つの文章は、どちらも一九四六年に書かれ、「国語」と「教育」についての提言を含んでいる。一九四六年といえば、「小説の神様」と言われた志賀直哉が、雑誌『改造』四月号に「国語問題」という次のような文章を発表した年である。

私は此際思ひ切つて世界中で一番いい言語、一番美しい言語をとつて、その儘、国語に採用してはどうかと考へてゐる。それにはフランス語が最もいいのではないかと思ふ。

また、文部省国語審議会が「現代かなづかい」と「当用漢字表」を答申し、内閣訓令・告示として公布された年でもあった。将来の日本の言葉と文字について、実にさまざまな意見が交わされた時代であった。

第九章　「三好達治君への手紙」（一九四六年十一月）

「第二芸術」が『世界』に掲載された一九四六年十一月、同じく桑原武夫による「三好達治君への手紙」が『新潮』に掲載された。二つの文章は、同時期に発表されており、詩歌についての当時の桑原の考えを、別の角度からうかがい知ることができる。

一　三好達治と桑原武夫の出会いまで

桑原と三好達治は、タイトルに示される通り、「三好達治君」と桑原が呼ぶような個人的に親しい関係にあった。三好達治の死後出版された岩波文庫『三好達治詩集』（一九七一年刊）で、三好達治の数多くの詩、短歌、俳句の中から選んだのは、桑原と詩人の大槻鉄男の二人であった。解説は桑原が書いており、桑原は三好のよき理解者であった。

三好は一九〇〇年に生まれ一九六四年に死去。三好は桑原より四才年長である。

最も詳しい石原八束作成の三好達治の年譜（『現代詩読本―新装版　三好達治』思潮社、一九八五年）を参考に、三好と桑原の出会いまでをまとめてみると、次のようになる。

三好は、一九〇〇年（明治三三）、大阪市東区南久宝寺町に、印刷業を営む父政吉、母タツの長男として生まれる。六才の時に、京都府舞鶴町の佐谷家に一時養子となる。三好は長男であるため、籍を移すことができなかった。まもなく、兵庫県有馬郡三田町の祖父母のもとに引き取られ、その後の四、五年をこの町で暮らしている。七才で三田町の尋常小学校に入学、十一才で再び実家にもどり、大阪市西区靱尋常小学校五年に編入。一九一三年三月、靱尋常小学校卒業後、一年ほど家業の印刷業を手伝ったようだ。一九一四年、大阪府立市岡中学に入学するが、一九一五年、家計を助けるため、中学を二年で退学、大阪陸軍地方幼年学校に入学する。一九一八年、七月、大阪陸軍地方幼年学校を卒業し、東京陸軍幼年学校本科に進学。この時、フランス語を学ぶ。幼年学校本科一年半の課程を終え、北朝鮮会寧の工兵第一九大隊に赴任。士官候補生として軍隊生活を送る。一九二〇年、陸軍士官学校に入学したが、翌年、中途退学する。このころ家業は破産、父は家出。一九二二年、二二才で第三高等学校文科丙類に入学、以降の学資は神戸在住の叔母の藤井氏の援助によって学業を続けた。この時、同級の桑原武夫と出会う。桑原は三好の四歳下であった。

河盛好蔵は次のように回想している。

三好君は大正十年に陸軍士官学校を中途退学、翌十一年四月に第三高等学校文科丙類に入学している。文科丙類というのは、フランス語を第一外国語にするクラスである。あの頃は、病気その他の理由で、士官学校を中退して高等学校にやってくる学生は毎年必ず数名はあった。彼らは一般学生より二、三歳年長でどことなく大人びている上に、幼年学校と士官学校で既にフランス語をやる私たちよりは断然できた。したがってなにかにつけてみんなから一目置かれていたが、三好君もまたそうであったにちがいない。

（「憂国の詩人三好達治―思い出断片」『新潮』一九六四年十一月）

一方、桑原は、一九〇四年（明治三七）年、五月十日、母の実家のある福井県敦賀市蓬莱で生まれる。前述の通り、日本における東洋史学の樹立者の一人と言われる父桑原隲蔵と、母打它しんの長男である。父は高等師範学校の教授で、東京で育つ。三歳の時、父の清国留学のため、母の実家の敦賀で育てられる。一九〇九年、父が清国留学から帰国、京都帝国大学教授となり、一家は京都へ移る。京都市立第一錦林小学校、京都府立京都第一中学校を経て、一九二二年（大正十二）四月、十八歳の時、中学四年修了から第三高等学校文科丙類（第一外国語フランス語）に入学。ここで三好と出会う。

十八才の桑原武夫、二十二才の三好達治、それまでの対照的な幼少、青年期を経て、二人は出会った。

二「三好達治君への手紙」までの桑原と三好

その後の二人の交流をたどってみる。

一九二五年三月、三好は第三高等学校卒業した後、四月、東京帝国大学文学部仏文科に入学する。一九二六年四月、三高出身の東大生梶井基次郎、外村繁などを中心とした同人雑誌「青空」同人となる。一九二八年三月、東京帝国大学文学部仏文科を卒業。書肆アルス社に就職するが、まもなく同書店が破産、退職し文筆生活に入る。

一九三四年十月、三好、堀辰雄、丸山薫の三人で詩誌『四季』を創刊。一九三六年（昭和十一）当時の『四季』同人の中に、実は、桑原もいたのである。

自らも同人であった『四季』について、桑原は、次のように書いている。

『四季』同人は、三好も指摘するとおり、「ほぼ交友関係になる雑然たる集合」で、とくにイデオロギーないし詩理論の一致があったわけではないが、「一般に自然観賞的態度とやや思念的な新抒情詩に就かうとする傾きが見られた。それらの傾向はやや古風に平凡に見えるものではあったが、当時にあっては他にこれに努めるものが殆どなかつたから、それは決して無意味な企てではなかつただらう。」（『三好達治詩集』（岩波文庫、一九七一年）「解説」四〇六頁）

三好と桑原は、同じくフランス文学を学び、『四季』という同じ表現の場にいた。『四季』誌上で、桑原のアランの翻訳がはじまり、のちの『芸術論集』には入らない詩論が続いた。十年間続いた『四季』は一九四四年七月、八一号をもって終刊する。

終戦後、三好は、『新潮』一九四六年一月号より四回にわたって「なつかしい日本」を執筆したが、天皇の退位をせまる六月号で連載を中断する。

河盛好蔵は三好と桑原の関わりを次のように書いている。

三好君は三高時代から良友に恵まれていた。例えば桑原武夫君である。貝塚茂樹である。吉村正一郎君である。（略）　桑原君達の三好君に対する友情には全く並々ならぬものがあった。

三好君が精神的もしくは物質的危機に立ったとき、いつも救いの手を差しのべたのは桑原君たちであった。

（「憂国の詩人三好達治—思い出断片」（前出））

三　三好達治の詩

三好達治の詩といえば、『測量船』（第一書房、一九三〇年）の「甃のうへ」がよく知られている。

「甃のうへ」

あはれ花びらながれ
をみなごに花びらながれ
をみなごしめやかに語らひあゆみ
うららかの跫音空にながれ
をりふしに瞳をあげて
翳りなきみ寺の春をすぎゆくなり
み寺の甍みどりにうるほひ

廂々に
風鐸のすがたしづかなれば
ひとりなる
わが身の影をあゆまする甃のうへ

同じく『測量船』の「雪」は、しばしば引用される。

雪

太郎を眠らせ、太郎の屋根に雪ふりつむ。
次郎を眠らせ、次郎の屋根に雪ふりつむ。

太郎と次郎はどんな関係なのか。太郎と次郎は、一つ屋根の下に寝ているのか、そうではないのか。都会か、農村か。わずか二行の詩で、様々に解釈が可能である。

詩人の入沢康夫は、次のように書いている。

晩年の達治ときはめて親しかった石原八束氏が、この「雪」の詩を蕪村の図巻「夜色春台」に比較したところ、詩人はたいさう喜び、「その後、自作朗読をソノシートに吹き込んださい、『雪』の挿絵がわりに用いた」といふのである。

（「太郎を眠らせ……」『現代詩読本7　三好達治』思潮社、一九八五年九月）

哲学者長谷川宏は、この三好達治「雪」と蕪村の「夜色楼台図」とを取り上げ、次のように書いている。

蕪村の「夜色楼台図」に描かれたどこかの屋根の下に太郎が、そこからほど遠からぬ屋根の下に次郎が、眠っていると考えることになんの違和感もない。（略）二つの作品に共通するものとして、人びとの暮らしに思いを寄せる作者の祈りのような心情が浮かび上がる。蕪村も三好達治も人々の暮らしがしあわせであることを願わないではいられなかった。

（『幸福とは何か』（中公新書、二〇一八年六月）

このように、三好達治は、今日でも引用される詩人である。桑原武夫・大槻鉄男選『三好達治詩集』（岩波文庫）の構成をみると、『測量船』をはじめとした詩、短歌は『日まわり』から五十首、俳句は『路上百句』がそのまま入っており、戦争詩はいくつかを除いて収録されていない。

四　桑原武夫「三好達治君への手紙」

『新潮』一九四六年十一月号に掲載された桑原武夫「三好達治君への手紙」は、次のように始まる。

三好君、
詩集『砂の砦』、さっそくお送り下さってありがとう。来月下旬東上するから、「どの時分東京で会へればうれしいが」とのおたよりも同時に落掌。ぼくもちょうどその頃上京しなければならぬ用事があるので、ぜひ会いたい。

（『桑原武夫集2』、一四三頁）

私信の体裁だが、この文章は、安藤靖彦「三好達治の人と作品」にも書かれているように「以後のいわば三好論の擁護論の基点となった」（『鑑賞日本現代文学　第十九巻　三好達治・立原道造』角川書店、一九八二年）。

この当時、桑原は東北帝国大学法文学部助教授の職にあった。一方、三好は、一九四四年三月、単身福井県三国町へ赴き、坂井郡雄島村米ヶ脇の森田家別荘に入る。四月、上京。五月、智恵子（佐藤春夫の姪）と協議離婚の上、萩原アイ（萩原朔太郎の妹）と結婚。雄島村へ戻る。一九四五年二月、萩原アイと離別。五月、三国町橋本へ移る。七月、小田原市の旧居にもどり、ここで終戦を迎える。十月、再び雄島村の旧居に戻る。

桑原武夫「三好達治君への手紙」の書かれた時、桑原は宮城県仙台市、三好は福井県雄島村に住んでいた。

当時、三好は、『故郷の花』（一九四六年四月、創元社）、『砂の砦』（一九四六年七月）と、終戦後早くも二冊の詩集を出している。『砂の砦』について、桑原は、次のように書いている。

　ぼくは一篇一篇共感をこめて読みおえたとき、ぼくはそこに一つの混乱のあることを感じた。一つ一つの詩は美しく、そこにはもとよりそんなものはない。が全詩集に混乱がある。

（『桑原武夫集2』、一四四頁）

桑原は、この「三好達治君への手紙」の中で、三好の第一詩集からの詩の傾向の推移を次のようにまとめている。

三好の第一詩集である『測量船』（一九三〇年、第一書房）について、桑原は、「歌の過剰」があり、「詩形はまだ十分に型を定めかねていた」という。『南窗集』（一九三二年）、『閒花集』（一九三四年）、『山果集』（一九三五年）、『艸千里』（一九三六年）とすすむうちに三好の詩は形を整え、「ヴェルレーヌ的なものから、ジャム風に、さらに陶淵明、陸放翁、杜甫の流れへと移っていった」。第二、第三詩集のあたりで自己の詩形を確立し、周囲に「四季派」が生まれる。ここでマンネリズムに陥る危険性があったが、三好は「自己を社会の中へ突き出す」のではなく、「自己を常に危機におく」ことで「詩を成長させる」途を選んだ。三好は「孤独の詩人」となり、「自然詩人」として完成していく。『測量船』や『南窗集』にあった人間臭さが薄らぎ、焦点が合い、点描的であったのが、線がはっきりしてきた。「フランス風のエスプリが消されて、新しい芭蕉精神のごときものが現れてきた」と桑原はまとめ、次のように書く。

　昭和において芭蕉の精神がもし再興されているとしたら、それは決してあの俳句づくりのやからにではあり得ない。（このことはこのあいだ『世界』に書いた。俳諧にくわしい君の批判を乞いたい。）

（『桑原武夫集２』一四九頁）

ここで、「このあいだ『世界』に書いた」というのは、「第二芸術」のことである。

桑原は、三好が「自然詩人としての完成の途」をのぼりつめつつ、「文化一般、さらに人生的社会的なもの」について知識の獲得を怠らなかったといい、「近代の超克」の座談会に触れている。

『文学界』で「近代の超克」という座談会をやったとき、進歩などということはチャップリンにまかせろ、といった風のめちゃくちゃの放言のうちに、進歩を否定しなかったのは、(中略)下村寅太朗君と君であったと記憶する。ただ君はそれを詩にあらわそうとはしなかった。

(『桑原武夫集2』一五一頁)

ちなみに、文中の「放言」というのは、河上徹太郎(一九〇二〜一九八〇)の次の発言であろう。

河上　……要するに機械が何故精神にとつてつまらないか? それは機械のもたらすエトワス・ノイエス(何かあたらしいもの、ドイツ語、筆者注)が常に量の問題を出ないからなんです。……機械と戦うものはチャップリンとドンキホーテがあれば沢山だ。

(『近代の超克』(冨山房百科文庫、二六二頁)

戦争中、三好がいわゆる「戦争詩」を書いたことについて、桑原は次のようにいう。

戦争になって君も戦争詩を作ったが、君はやはり自然詩人であった。そうじて、自由をもたぬ日本人が戦争を歌うとすれば、天変地異にほかならぬわけであり、自然詩となるのは当然である。君は戦争を、戦果に一喜一憂する一国民としての君のわが身に引きつけ、かくすることによってこれを実感のうちに歌った。（この際、プリンス・オブ・ウェルズ轟沈の報を悲しみをもって聞いたもののみが、君の戦争責任を言うことができる。）

（『桑原武夫集２』一五一頁）

「プリンス・オブ・ウェルズ轟沈」は、イギリス海軍の戦艦「プリンス・オブ・ウェルズ」が、一九四一年十二月十日、日本海軍機の攻撃を受けて、マレー半島クアンタン沖で巡洋戦艦「レパルス」とともに沈没したことを指している。（『ブリタニカ国際大百科事典』）

次に、桑原は、戦後、一九四六年一月から『新潮』に掲載された三好の「なつかしい日本」について書く。

君の「なつかしい日本」は戦後の文章のうち最も誠実に満ちたもののひとつであった。孤高の詩人がかかるものを書いたのに驚いて、君が近くにいた中野重治氏の影響をうけたなどというものもあった。君をも中野氏をも知らざるの言だ。そこにあるのは君のうちに蓄積されてきた思想であるのに。（略）「自嘲」という不健全な精神状態をまず叩いて、君は「なつかしい日本」に向かおうとした。（略）現代社会の矛盾は、天皇に御退位をすすめるところに至って、君のエセを中断せしめた。

（『桑原武夫集2』一五二頁）

「なつかしい日本」は、三好のそれまでの思想の延長上にあるものなのだ、というのが桑原の主張である。三好が橋本欣五郎（一八九〇〜一九五七、陸軍軍人）の句「国破れ戦けり昼の月」を取り上げ、文化の混乱をのべていることについて、次のように書いている。

橋本をしてかかる卑しい句をつくらせたことは、もとよりこの悪軍人の倫理観の欠如にもよるが、また俳句という危険な芸術形式、非凡者のみしか扱えぬ筈の形式が、安易に全国民的に流行しており、芸術なるものを軽々しく扱う風が日本に存するという事実の上に生じた一現象であり、（後略）

（『桑原武夫集2』一五三頁）

ここで桑原が言おうとしていることが、決して俳句そのものの否定ではないことは明らかである。俳句という「形式」の高度の難しさである。

日本をなつかしいものとするためには、混乱した現代から身をひいて過去の美に走るか、さもなくば、橋欣の句と同時に芭蕉の句をも、悪筆総督の文字と共に弘法の書をも、一応忘れる、つまりそれらのものをわれわれの今日の生活の根幹とはしまいと決意するか、この二つしかないのではないか。

（『桑原武夫集２』一五四頁）

三好が「なつかしい日本」を中断したことと『砂の砦』の混乱は無関係ではなく、詩集『砂の砦』の中の詩は、「作者の心の苦悩を感じさせ」、「思想の問題を観念的に解決するよりは、むしろあくまで芸術家として、詩をかきぬくことによって解決しようとしているのではないか」と桑原はいう。

君が、日本にかつて存在しなかった、あるいは意図のみあって実際の美しい作品の存しなかった、われらの詩、みんなの詩の領域においても先駆者となることを希望したい。

（『桑原武夫集２』一五四頁）

最後に、桑原は三好に期待を寄せ、戦争が終わって、街の風景が変貌する東京に出るべきだ、としめくくる。

桑原の「三好達治君への手紙」から約一年後、詩人の鮎川信夫は、「最近私は桑原武夫の三好達治への手紙という文章を読んでうんざりした思いであった。」と書いている(鮎川信夫「三好達治　逃避幻想の詩人」、「現代詩」一九四七年十月号)。たしかに、鮎川の言うように、桑原の「三好達治君への手紙」は、戦争中、戦争詩を書いた三好を、直接追及する内容ではない。「三好達治君への手紙」は、『新潮』の読者を想定した旧友三好達治への手紙である。また、三好の私的な事情をよく理解する桑原にしか書けない三好達治論でもある。旧制中学で俳句を作り始め、「路上百句」を書き、短歌、詩も書いた三好は、桑原から見て「俳句づくりのやから」であるはずはなく、「俳句という危険な芸術形式」を扱いうる、「非凡者」だったのではないだろうか。

第十章　桑原武夫「第二芸術」（一九四六年十一月）と時代

桑原武夫「第二芸術」の掲載された『世界』は、当時どのような雑誌だったのだろうか。また、「第二芸術」は、どのような時代に、どのような文脈で書かれたのか、あらためて考えてみたい。

一　雑誌『世界』（岩波書店）創刊まで

『世界』の創刊は、戦争末期から考えられていたことであった。

当時の外務大臣重光葵、外交官加瀬俊一、山本有三、志賀直哉、和辻哲郎、田中耕太郎、谷川徹三、安倍能成などが集まり、戦争終結のための会合をもっていた。戦後、この会は、柳宗悦によって「同心会」と名付けられた。「同心会」の中の雑誌刊行の話が、後の『世界』につながっていく。「同心会と岩波書店との協力で雑誌を出したい」ということになり、安倍能成が、療養中の親友岩波茂雄（一八八一〜一九四六）を、信州に訪ね、申し出を伝えたのである。（竹内洋『メディアと知識人―清水幾太郎の覇権と忘却』二〇一二年、中央公論新社）

この話が、具体化するのは、戦後すぐ、一九四五年九月のことである。同心会でいくつかの誌名が候補に挙がったが、投票で『地球』と『世界』が同数で残り、信時潔が、地球では音がよくない、と発言し、『世界』と決定され、その後、谷川徹三の案として発表されたという（佐藤卓己『物語岩波書店百年史2「教育」の時代』二〇一三年、岩波書店）。『世界』の編集発行をめぐっては、同心会と岩波書店の間で、食い違いがあったようだ。『岩波書店八十年』（岩波書店）には次のように書かれている。

同心会と岩波との協力関係については、岩波は自己の創刊した雑誌の編集を同心会の代表たる親友の安倍氏に委託したものと諒解し、同心会の方々は同人雑誌の発行を岩波が引き受けたものと諒解し、多少の食い違いがあったが、安倍氏が幣原内閣の文部大臣となるに及んで、大内兵衛氏が編集指導を代行することになり、しだいに同心会との結合がゆるくなって、やがて同心会が別に同人雑誌『心』を発行するに至って『世界』との関係は自然に解消した。

雑誌『世界』（岩波書店）創刊号（一九四六年一月号）は、一九四五年十二月中旬に発売された。八万部の発行であったが、たちまち売り切れたという。一九二頁、定価四円だった（塙作楽『岩波物語―私の戦後史』審美社、一九九〇年）。当時、山手線初乗りは二十銭であった。創業者岩波茂雄は、その後の『世界』を見守ることなく、一九四六年四月二十五日、六十四歳で亡くなる。

二　桑原武夫「趣味判断」（『世界』創刊号）

桑原は、『世界』創刊号（一九四六年一月号）に、「趣味判断」というタイトルの文章を書いている。「ヨーロッパ人」女性の頭髪の色の話題から入り、次のように書いている。

日華事変以来、あらゆる西洋的なものが排斥され、すべてが日本的になったように見えたが、私はそれをあまり信用しなかった。（中略）日本人は、少なくとも日本の青年たちは、西洋排撃の怒号の下に西洋に憬れていたのである。

（『桑原武夫集２』二～五頁）

日本の青年たちの西洋に対する憬れは、戦後にわかに始まったのではなく、戦争中も、ずっと続いていたというのである。

三　創刊当時の『世界』

創刊当初の『世界』は、当時で言えば、戦前から引き継ぐ「オールドリベラリスト」が編集の中心であった。「すべり出しは、まず上々だったが、玄人筋からは金ボタンの秀才のような雑誌だと批評され、左翼からは保守党左派の雑誌だと冷評された」（初出、吉野源三郎「『世界』創刊まで」『世界』一九六六年一月号）。吉野は次のように書いている。

戦後の出版について岩波さんが力説したのは、新たな総合雑誌を出すことであった。（略）日本には高い文化がありながら、それだけでは祖国の亡ぶのを阻止することができなかったのだ。これは、文化が大衆から離れたところにあって、大衆に影響力をもたず、軍部や右翼がかえって大衆をとらえていたからである。この過ちをもう、ふたたびくりかえしてはならない。こんどの経験を教訓にして、文化と大衆とを結びつけることをなんとかしてやらなければならない。岩波書店も、在来のアカデミックなわくから出て、もっと大衆と結びついた仕事をやる必要がある。大衆の文化を講談社ばかりにまかせておかないで、われわれのところでも、総合雑誌にしろ、大衆雑誌にしろ、どんどん出版していこうではないか――これが岩波さんの提案であった。
（吉野源三郎、前掲）

四　津田左右吉論文と丸山真男論文

雑誌『世界』一九四六年四月号に掲載されたのは、津田左右吉「建国の事情と万世一系の思想」であった。津田左右吉（一八七三年～一九六一年）は、吉野源三郎（一八九九年～一九八一年）から見れば、ちょうど親の世代であった。

吉野源三郎「終戦直後の津田先生」（初出『みすず』一九六七年四～六月号）には、津田左右吉への執筆依頼から掲載までの経緯が詳細に書かれている。

津田左右吉は、戦前、『古事記及び日本書記の研究』と『神代史の研究』によって「皇室の尊厳を冒瀆する罪に問われ」、出版者の岩波茂雄とともに一九四〇年三月起訴され、「五年間の沈黙を強制されていた」（一九四四年十一月、時効、免訴）。吉野源三郎は、「日本史の研究における科学的方法」について、『世界』編集長として、津田に執筆を依頼する。依頼に応えて、津田が執筆したのは、一九四六年三月号の「日本歴史の研究に於ける科学的態度」、四月号の「建国の事情と万世一系の思想」の二回分であった。三月号の「日本歴史の研究に於ける科学的態度」は依頼に添う内容であったが、四月号の論文の原稿を読んで、吉野は、「発表された場合の政治的反応を考慮せざるをえなかった」。

この時、津田論文と津田本人が、当時の「政治闘争にからんだ紛糾の中に巻き込まないようにしたい」と考え、吉野は、平泉（岩手県）の津田を訪ね、奔走した。その結果、津田にあてた吉野の手紙が、四月号の「建国の事情と万世一系の思想」と同時に掲載され、この手紙で津田が「最初の原稿にあとから加筆」した事情が読者に伝えられた。

『世界』の転機となったのは、丸山眞男の論文「超国家主義の論理と心理」（一九四六年五月号）であった。発表時の反響について、丸山自身が次のようにふりかえっている。

これが発表されるとすぐさま当時の朝日新聞に批評が載り、それをきっかけに自分ながら呆れるほど広い反響を呼んだ。それは恐らく当時の緊張した精神的雰囲気や読者のいわば積極的な精神的姿勢と関連していることであろう。

（丸山真男『増補版　現代政治の思想と行動』、「第一部追記および補註」未来社、一九六四年）

五　占領下の検閲

一九四五年（昭和二十）年九月二日、日本と連合国との間で降伏文書の調印が行われたときから、一九五二年（昭和二七）四月のサンフランシスコ講和条約発効まで、日本は連合国の占領下にあった。検閲は、「一九四五年九月から四九年九月まではGHQ内の精巧な装置によって、その後は多少形を変えて、日本が主権を回復するまで継続的に実施された。」「なかでもオーウェル的だったのは、禁止事項のなかに、検閲が行われていることをけっして公式に認めてはならない、ということが含まれていたことである。」（ジョン・ダワー『増補版敗北を抱きしめて　下』、二〇〇四年、一七七〜一七八頁）

また、この時期の検閲に関わり、江藤淳は、『閉ざされた言語空間―占領軍の検閲と戦後日本』（文藝春秋、一九八九年）の中で次のような通達を引用している。

雑誌及び定期刊行物ノ事前検閲ニ関スル手続

（略）

9、訂正ハ常ニ必ズ製作ノ組直シヲ以テナスベク、絶対ニ削除箇所ヲインキニテ抹消シ、余白トシテ残シ、或ハソノ他ノ方法ヲ以テナスベカラズ。尚、ゲラ刷ヲ提出セル後ハ、当検閲部ノ承認ナキ追加又ハ変更ヲナスコトヲ得ズ。

つまり、一九四五年九月から四九年九月までの雑誌の記事について、読者は、検閲によってどこが書き変えられたのか、判断できないのである。

『世界』に関していえば、塙作楽『岩波物語―私の戦後史』（前出）に、占領軍の検閲について次のような記述がある。

（略）創刊号で削られた安倍能成の論文は、部分的な削除に過ぎませんでしたが、その後、全文の掲載を許されないものも出てきました。検閲の方針も、はじめは「非民主的」なものにしぼられていましたが、次第に変わってきて、その反対に、といってよいくらいになってきました。

この検閲の変化を、佐藤卓巳は、「最初期には「国粋的言説」「連合国批判」などでの処分が半数を占めたが冷戦激化にともない一九四七年以降は、「左翼宣伝」や「資本主義批判」を理由とする処分が、増加している」と分析している（佐藤卓巳前掲書）。「第二芸術」の掲載は、一九四六年（昭和二十一）十一月である。

塙作楽『岩波物語―私の戦後史』の記述にもどる。

そのころ、私は毎月、『世界』の編集が終わり、やがて校正刷りが出揃うと、それを持って、占領軍の民間検閲部へおもむきました。（略）書かれたものの内容の検閲に直接たずさわっていたのは、みな日本人です。問題点を見つけると、それを英訳して上司である占領軍の人に見せる、という仕組みになっていたようです。（略）検閲によって削除がおこなわれたときは、場合によっては、頁数をととのえるために、新たに原稿を追加しなければならず、しかももう一度検閲をうけなければなりません。

物資が欠乏している中、検閲を経て、出版を続けるには、さまざまな意味で大変な労力を要したにちがいない。「第二芸術」もまた、このような占領下の検閲の時代に書かれた文章であることを考慮しなければならないのは当然である。

六　「アメリカ教育使節団報告書」から六三制の発足まで

「第二芸術」の末尾で、桑原武夫は次のように書いている。

そこで、私の希望するところは、成年者が俳句をたしなむのはもとより自由として、国民学校、中等学校の教育からは、江戸音曲と同じように、俳諧的なものをしめだしてもらいたい、ということである。（略）新しくできた教育調査委員に俳句のわからぬ人が何人おられるのか。いささか不安を感じて、あえて蛇足を加えた。

（『桑原武夫集2』一四一～一四二頁）

文中の「国民学校」（初等科）とは、新学制による小学校の旧称である。新学制の小学校、中学校の発足は、「第二芸術」発表から五ヶ月後の一九四七年（昭和二十二）四月一日である。「新しくできた教育調査委員」とは何を指しているのか。このことばを理解するためには、「第二芸術」の発表された一九四六年（昭和二十一）十一月までの教育をめぐる動きをたどらなければならない。

日本に進駐した占領軍は、ＧＨＱ　ＳＣＡＰ（General Headquarters of the Supreme Commander For the Allied Powers）とよばれた。教育問題を担当したのは、専門部の民間情報教育局（ＣＩＥ）である。

一九四五年（昭和二〇）十月十八日、ＣＩＥは、アメリカ陸軍省に教育使節団の派遣を要請する。一九四六年（昭和二十一）一月四日、人選が決定する。「使節団長のニューヨーク州教育長官・イリノイ大学名誉総長ジョージ＝Ｄ＝ストッダード以下二十七名、うち女性四名、黒人一名であった。」（神田文人『昭和の歴史8　占領と民主主義』（小学館、一九八三年）教育使節団は、1いかにすれば民主主義教育を日本に徹底しうるか、2日本再教育の心理的方面の研究、3文部省の改組など教育行政の研究、4日本の高等教育・図書館・研究書等の研究の四部構成で派遣された。（神田文人、前掲書）

一九四六年（昭和二十一）一月九日、GHQは、使節団を迎えて協議する日本側の委員会設置を指示し、二月七日、「日本教育家の委員会」が発足する。メンバーは、南原繁（東京帝国大学総長）、鳥養利三郎（京都帝国大学総長）、小宮豊隆（東京音楽学校長）、星野あい（津田塾専門学校長）など二十九名、委員長は南原繁であった。

一九四六年（昭和二十一）三月五日、使節団が来日、日米両委員会が開かれ、三月三十日、使節団の報告書が提出される。『全訳解説　アメリカ教育使節団報告書』（講談社学術文庫）の著者村井実は、「報告書」の内容について、一九七八年に次のように書いている。

「アメリカ教育使節団報告書」は、敗戦による教育勅語体制の崩壊とそれに引き続いての空白の中で、日本教育への再建へのまったく新しい方向を指し示した文書に他ならない。（略）この報告書の出現からすでに三十年を経た今日では、教育基本法や六三制はもちろん、男女共学も、P・T・Aも、ホームルームも社会科も、要するに現在の学校教育に関する制度上、行政上、方法上、内容上のほとんど何もかもが、この報告書によって新しくこの国に採用されたものなどとは、ほとんど考えることもできない人々が少なくないであろう。だが、ほんとうに、この報告書の勧告に応じて、こうしたすべてがはじまったのである。

一九四六年(昭和二十一)五月十五日、文部省は、『新教育指針第一部前編新日本建設の根本問題』を発行する(以下、第二分冊一九四六年六月三十日、第三分冊一九四六年十一月十五日、第四分冊一九四七年二月十五日)。これは、次のような構成となっている。

第一章　序論　日本の現状と国民の反省
一　日本は今どんな状態にあるか
二　どうしてこのやうな状態になつたのか
三　これからどうしたらよいか
第二章　軍国主義及び極端な国家主義の除去
一　軍国主義とはどういうことであるか
二　極端な国家主義とはどういうことであるか
三　日本の軍国主義及び極端な国家主義はどのやうにして起り、どんなあやまちをおかしたか

四　軍国主義及び極端な国家主義を取り除くにはどうしたらよいか
第三章　人間性・人格・個性の尊重
第四章　科学的水準及び哲学的・宗教的教養の向上
第五章　民主主義の徹底
第六章　結論―平和的文化国家の建設と教育者の使命

この「第六章　結論」には、次のように書かれている。

国民文化といふことを強調する場合に、それがただ自分の国家だけに特別なもので、他の国民に理解もされず尊重もされないものであってはならない。国民文化は国民の長所を生かして世界人類の文化につくすところにそのねうちをもつてゐるのである。

この後、一九四六年五月二十二日、第一次吉田内閣が成立し、文部大臣に田中耕太郎が就任、八月十日、「教育刷新委員会」が設置された。

「第二芸術」の中で桑原のいう「新しくできた教育調査委員」とは、時期的に考えて、この「教育刷新委員会」の委員である。母体となったのは、「日本教育家の委員会」で、十月十六日、六・三制教育の原案を決定する。

一九四六年十一月に発表された「第二芸術」が、教育、特に国語教育への提言を含むものである以上、戦後の一連の流れを背景としたものであることは間違いない。

翌年、一九四七年（昭和二十二）、三月三十一日、教育基本法が公布施行され、四月一日、六・三制が施行された。

七　桑原武夫と小宮豊隆

一九四六年（昭和二十一）二月七日発足した「日本教育家の委員会」と、一九四六年（昭和二十一）八月十日設置された「教育刷新委員会」のどちらにも小宮豊隆の名前がある。

小宮豊隆（一八八四～一九六六）は、明治三十八年に東京帝国大学文科大学独文科に入学、在学中は夏目漱石が保証人であった。漱石との交流は亡くなるまで続き、漱石門下生とよばれる、小宮は、大正十三年東北帝国大学法文学部で初代ドイツ文学の教授となる。一九四〇年（昭和十五）から一九四六年（昭和二十一）まで附属図書館長であった。（一九四六年（昭和二十一）東京音楽学校校長を兼務し、同年三月には、東北大学を離れている。岩波茂雄とは第一高等学校で同学年であった。

一方、桑原武夫は、一九四三年（昭和一八）十一月より、東北帝国大学法文学部でフランス文学の助教授となり、一九四八年（昭和二十三）十月までを仙台で過ごした。小宮と桑原は、一九四三年十一月から一九四六年三月まで共に仙台で過ごしたが、「第二芸術」が『世界』に掲載された一九四六年十一月、桑原は仙台、小宮はすでに東京にいた。

桑原は、「第二芸術」の中で、「国民学校、中等学校の教育からは、江戸音曲と同じように、俳諧的なものをしめだしてもらいたい」と書いている。小宮は、その後、東京音楽学校校長であった一九四八年、邦楽科を廃止する案を提出している。桑原の言葉を借りるならば、邦楽を「しめだそう」とした。「俳諧的なもの」については、小宮は「逢里雨」の俳号をもつ俳人であり、松尾芭蕉『おくのほそ道』にある「閑かさや岩にしみ入る蟬の声」の「蟬」が、アブラゼミなのか、ニイニイゼミなのか、斎藤茂吉と論争したことはよく知られている。また、「新しくできた教育調査委員」であった。「蛇足」の部分は、すべて小宮に関わるものであり、東京へ行った小宮へのメッセージとも読める。

桑原は芭蕉を高く評価したことにあらわれているように、俳句を否定したのではない。むしろ、俳句は「非凡者」にしか扱うことのできない「危険な芸術形式」であると書いている。

「第二芸術」は、敗戦後の日本建設のための国語教育論でもあり、結果を重視するプラグマティズムに基づき、今、何をなすべきかを提案したものである。これは、岩波茂雄や吉野源三郎の思いにも通じるものであった。

終章　澄み透った青空の下の「第二芸術」

「はじめに」で「第二芸術」を、「もう一度書かれた時代と場所に置きなおし、デューイ、リチャーズ、アランはもちろん、桑原の言及した芭蕉、三好達治、鶴見俊輔にも文脈をたどり、読み直してみたい。」と書いた。

最後に、桑原が言及した人物と「第二芸術」との関わりをまとめ、書かれた時代と場所に置き直して、「第二芸術」の意義を考えてみたい。

一　父桑原隲蔵《じつぞう》と「第二芸術」

のちに、桑原は、「第二芸術」について、「読書については全く無干渉だった私の父が、数回口をはさんで排撃したのは、伝統文化的なものであったことを考えると、無意識のうちに影響をうけていたのではないか、と恥ずかしい気もするのである。」と書いた。「ことあるごとに、父を通じてのお話に対する私の無際限な欲望をみたすのに困じはてた父は、『三国志』を講ずるという適切な手段に想到し、一日私を携えて寺町の竹苞楼にゆき、『通俗三国志』を買い与えたのであった。」

日本の「東洋史学の樹立者」といわれた父から、幼い桑原は、『三国志』の講義を受けたのである。父のエピソードを語ることは求めに応じたものもあったであろうが、父桑原隲蔵《じつぞう》の影響は、無意識に表に出てしまう、いわば身体化されたものとして「第二芸術」においても見られる。

二　高濱虚子と「第二芸術」

桑原は高濱虚子の散文を高く評価した。桑原によれば、虚子は俳句と文章を全く別のものと考え、明確に異なる態度で立ち向かった。正岡子規が、「小説めいた」蕪村の句を推奨するのに対して、虚子は俳句に「小説めいた」ものを持ち込むのを喜ばない。しかし、虚子の文章は、深く人間をえぐっている。

虚子の文章の良さは、俳句とは異なる修練の結果から生まれたと考えたのだ。

三　アランと「第二芸術」

リセ（公立高等中学校）の教員であった四六才のアランは、第一次世界大戦で、兵役を志願し、重砲兵として従軍した。アラン『諸芸術の体系』は、戦塵の中で書かれ、桑原は、その最初の日本語訳者であり、紹介者であった。

アランは、芸術にはスティル（スタイル）が必要である、といった。

芸術のスティルは、人間の体で道具を用い、手仕事に似た行動によって形づくられる。想像力や現実の情念を、そのままではなく、想像力を統御し、現実の情念から脱却させ、「人間の精神が生きてそこにあると感じられるような、体の動きや物の形を作り出す」ことこそが芸術なのだ、というのである。

つまり、高濱虚子の文章について考えるならば、高濱虚子の手仕事を積み上げるような修練の結果としての文章に、読む者は確かに高濱虚子のスティルを感じるのである。虚子の文章は、スティルをそなえた芸術である、ということになる。

四　デューイと「第二芸術」

桑原は、アランを経て、プラグマティズの思想家としてのデューイと出会う。プラグマティズムは、アメリカ合衆国の歴史と結びつき、行動の結果を重視する。桑原の「第二芸術」は、学校での教科内容がどのような結果を生み出すか、という観点で書かれた文章であり、国語教育論の側面を持っている。

デューイを理解する一つのキーワードは「経験」である。作者は自らの作品を鑑賞しつつ制作し、鑑賞者はイマジネーションによって作品を制作し、鑑賞する。能動的側面である制作と受動的側面である鑑賞は、相互に作用しながら、デューイの言う、一つの「経験」を創り上げていく。芸術に欠くことのできない条件は、この「経験」なのである。

五　リチャーズと「第二芸術」

「第二芸術」の発表当時の反響のもととなる主な部分は、リチャーズの手法に倣ったとされるところである。俳人には、かなり刺激的であったに違いない。しかし、リチャーズの主張の中心は、その手法にあったのではない。

『実践批評』（一九二九年）に見られる主張の第一は、様々な先入観にとらわれず、詩に書いてあることに集中して精読すべきであるということ、第二は、学校では、「詩の読み方」を訓練すべきである、この二点である。「第二芸術」におけるリチャーズの手法は単なるアイディアではなかったのである。

六　鶴見俊輔と「第二芸術」

「第二芸術」を書く以前に、桑原は、鶴見俊輔の「言葉のお守り的用法について」と「ベイシック英語の背景」を読んでいる。鶴見の二つの文章は、支えあう関係にある。「言葉のお守り的用法」とは、「権力者」が「正統」と認める「価値体系を代表する言葉」を「自分の社会的・政治的立場を守るために、自分の上にかぶせたり、自分の仕事の上にかぶせたりすること」である。それは、戦争突入以前、戦争中、敗戦後でも変わらない。「言葉のお守り的乱用の危険」を少なくするには、意味のわかりにくい「漢字言葉」を少しずつ減らし、言葉の意味の説明を、ものそのもの、事件そのものをあきらかに示すことによって練習することが必要である。

鶴見の主張は、オグデンとリチャーズの「ベイシック英語」の影響を受けた「基礎日本語」

を確立し、言葉の意味を自ら説明するトレーニングをすることを基本に、国語教育を変えなければならない、ということである。この点に関しては、リチャーズの手法に倣った桑原の「第二芸術」とほぼ共通のものである。

七　三好達治と「第二芸術」

陸軍士官学校を中途退学し、二十二才で第三高等学校に入学した三好達治は、四才年年下の桑原武夫と出会い、その後も交流はつづいた。三好が三十四才の時に、堀辰雄、丸山薫と共創刊した詩誌『四季』同人の中に、一九三六年当時、三十才の桑原もいた。

「第二芸術」と同時期に書かれた「三好達治君への手紙」は、桑原の「第二芸術」を理解する上でも重要である。この中で、桑原は、「危険な芸術形式、非凡者のみしか扱えぬ筈の形式」の俳句が「安易に流行」し、「芸術なるものを軽々しく扱う」ことを批判している。これは、「第二芸術」と同様の趣旨であった。

八　松尾芭蕉と「第二芸術」

第七章で書いたように、桑原は、自分の作る俳句が下手だと言われ、不愉快で、恨み骨髄で「第二芸術」を書いた、と語ったという。桑原は、俳句を作る人であった。

芭蕉がマンネリズムに陥ることを避けられたのは、西行や杜甫の精神に学び、五七五の形式で表現したからだ、と桑原は「第二芸術」の中で書いた。

満州事変以前にも、芭蕉再評価の流れはあったが、桑原は、満州事変以後の「文化否定の攻勢」の中でも、「芭蕉のみがよく抵抗しえた」理由を、「芭蕉について」（一九四七年四月）の中で、六点挙げた。

①　芭蕉の芸術が風雅の世界のものである、②　芭蕉の作品に恋愛がほとんどない。③　生活のリアリティーがない。④　日本の社会に古いものが残っており、元禄時代の芭蕉の作品が理解しやすい。⑤　俳句の愛好者が多い。⑥　戦争中の文化人の中に、芭蕉が「文化への攻勢に対する」「最後の防衛線」という意識があった。

芭蕉は、表現のために「不断の工夫」をこらした。これが、芭蕉の「求道精神」なのだ、と。近世の「協同のアトモスフィア」の中でのすぐれた芸術家である、「俳人」桑原武夫は、このように芭蕉を高く評価した。

九　澄み透った青空の下の「第二芸術」

敗戦後の占領下、日本国憲法の公布とほぼ同時に発表された「第二芸術」は、文庫にすればわずか二十頁ほどである。この短い文章を、これまで多くの人が話題にしてきた。しかし、その中のどれほどの人が、実際に自ら全文を読んだのだろうか。

「第二芸術」のタイトルは、正確には「第二芸術―現代俳句について」である。当時、俳句に関わる人々は、短いエッセーの中の「俳句」という言葉を探しながら読んだに違いない。そして論争した。

当時の経緯については、赤城さかえ『戦後俳句論争史』(俳句研究社、一九六八年)の第一章「第二芸術論」論争の部分でまとめられている。しかし、今、「第二芸術」を、「俳句」に関わる言葉を探して読み直しても、新しく読みが広がり、深まっていくということはないだろう。

本書の「はじめに」で、『文学入門』(岩波新書、一九五〇年)の「はしがき」にある「私はデューイ、リチャーズおよびアランから、多くのことを学んできた。」という箇所を引用した。同じく、『文学入門』第四章では、次のように書いている。

詩は散文とともに文学を二大分するところのものであって、重視せねばならぬことはいうまでもない。（中略）明治以後、島崎藤村から恐らくわが国の生んだ最高の詩人、萩原朔太郎をへて、三好達治にいたるまで、われわれは若干のすぐれた詩人をもっているが、その数はきわめて乏しく、また現在の日本詩壇は正直のところ貧困というほかない状態にある。なお日本独特の短歌と俳句があるが、これらは過去においてすぐれた作品を生んだにせよ、今日もはや近代文学として重要なジャンルではありえず、とくに私は、日本文学の将来の健全な発達のために、われわれは当分これらから禁欲するのがよい、という立場にたっているので、これらには触れない。

（『文学入門』「文学は何を、どう読めばよいか」）

また、第二章では、次のように書いている。

ところで日本の学校は、当局者の文学蔑視を反映して、古典文学の訓詁と和歌、俳句の鑑賞以外、近代文学の味わい方については全く何も行っていなかったばかりか、一般に小説といえばすべて禁止するところすらあった。（中略）日本では文学を反社会的な営みとする考えが、いまなお根強く、文学教育ということを何か矛盾したことのように思う人が多いが、それは日本文学の悪しき特殊性であって、こんにち世界のいずれの国も、近代文学を中心とする文学教育を人間性確立の中心としている。(『文学入門』「すぐれた文学とはどういうものか」)

講談社学術文庫版(一九七六年)『第二芸術』の「まえがき」で、桑原は、自身の書いた一九七一年三月十三日「毎日新聞」の記事を引用している。その中で、「批評はすべて時評というべきかも知れない」と言い、次のように書いている。

ともかく四分の一世紀、歴史は流れた。あのころの雰囲気は近藤芳美氏の文章に巧みに感覚されている。

「……瓦礫の街の澄み透った空の青さだけが今日も思い出される。地上の貧しさ、苦渋と関わりのない不思議な青さだった。『第二芸術論』の一連の文章を二十五年後の今読み返しながら、わたしはふとそのような日々の空の色を連想した。議論のいさぎよいまでの透明さのためである。それは戦後という、すべての澄み切った日本の歴史の短い一時期にだけ書かれ得たものなのだろうか。」

また、同じく、一九七一年の記事で、桑原はこう書いている。

敗戦後およそ朝鮮戦争のころまで、焼けあとの実生活は苦しかったが、人々の意識には、窮乏の中のオプチミズムともいうべきものがあった。そこにただよっていた理想と自由への熱意はどこか瑞雲めいていた。

「第二芸術」は、現代俳句についての評論のように見えるが、その中心は、俳句を論じることではない。俳句を入り口にした時評、文化論であり、より正確に言うならば、時評、文化論をふまえ、文学教育の重要性を強調する、期間限定の国語教育論であった。

当時、「公式に認めてはならない」検閲が、読者にはわからない形で行われていた。「第二芸術」もまた、当時の検閲を経て掲載された。

このことを考えるならば、書かれた時期は、近藤芳美の言葉のように「戦後という、すべての澄み切った日本の歴史の短い一時期」とは言えないだろう。むしろ、占領期のできごとは、いまだに、わからないことが多い。だが、人々の意識に、桑原の言葉通り、「窮乏の中のオプチミズムともいうべきもの」があったのはまちがいないだろう、桑原もまた、青い空の下で、その一員であったかもしれない。

六十五才まで高等中学校の教員であったアランは、四十六才で従軍し、戦塵の中で、『諸芸術の体系』を書いた。プラグマティズムの代表的思想家デューイは、八才で小学校に入学し、九十二才で亡くなるまで、思索を重ね、心理学、哲学、論理学、倫理学、教育、芸術、民主主義に関する多くの著作を残した。ケンブリッジ大学で一九二〇年代の英文学研究の新しい境地を開いたリチャーズは、アメリカに渡り、『文芸批評の原理』、『実践批評』、オグデンとの共著『意味の意味』を残した。三好達治は、幼時より、困難な環境に置かれる中で、非凡な詩人として生きた。鶴見俊輔は、高名な家系に出生したが、時代の中で、独自の境地を切り拓いた。

「第二芸術」の文脈から現れてくる人物達は、どれも、その人生と学問、あるいは芸術とが密接な関係にある。桑原は、三好達治や鶴見俊輔への関わりに見られるように、これらの人物の主張にひかれただけではなく、桑原とはむしろ異質のそれぞれの人間性にひかれたのではないだろうか。

これらの人物達の作品や主張に至るまでに要した時間、労力、葛藤に比べれば、俳句が「安易な創作態度の有力なモデル」と見えても無理はないであろう。「日本独特の短歌と俳句」を「当分」禁欲し、「近代文学を中心とする文学教育」を人間性確立の中心としなければならない、ということなのである。

最後に、桑原が、学校教育で、特に、文学の果たす役割を重視していたことに、注目しておきたい。ここに桑原の主張の普遍的、かつ今日的意義がある。

6人の対照年譜（1859年～1952年「GHQ廃止」「サンフランシスコ平和条約発効」まで）

年号	できごと	桑原武夫（1904～1988） 鶴見俊輔（1922～2015） 三好達治（1900～1964）	**デューイ**（1859～1952） **アラン**（1868～1951） **リチャーズ**（1893～1979）
1859	ダーウィン『種の起源』刊行		**デューイ**、10月20日、アメリカ合衆国ヴァーモント州の州都バーリントンに生まれる
1868	戊辰戦争、五箇条の誓文 明治改元		**アラン**、3月3日、ノルマンディー地方、モルターニュ＝オ＝ペルシュに生まれる
1887	東京音楽学校・東京美術学校設立		**デューイ**『心理学』
1888			**デューイ**『民主主義の倫理』
1889	2月11日、大日本帝国憲法発布		
1890	第1回帝国議会開会、 教育勅語発布		
1893			**リチャーズ**、生まれる
1894	日清戦争（～95）		

1898	アメリカ＝スペイン戦争、日本美術院創立		
1899			**デューイ**『学校と社会』
1900	義和団事件（～01）	**三好** 8月23日、大阪市東区に生まれる	
1901	八幡製鉄所操業開始		**アラン**『スピノザ』
1902	第一次日英同盟協約締結		
1903	ライト兄弟飛行機発明		**デューイ**『論理学説研究』
1904	日露戦争（～05）	**桑原** 5月10日　福井県敦賀市蓬莱２０１に生まれる 父が高等師範学校の教授であったため、東京で育てられる	
1905	第二次日英同盟協約、 シベリア鉄道完成 アインシュタイン「特殊相対性理論」発表		
1906	満鉄設立	**三好** 京都府舞鶴町の佐谷家に一時養子となる。兵庫県有馬郡三田町の祖父母のもとにひきとられ4、5年この町で繰らす	
1907		**三好** 4月、三田町の尋常小学校に入学 **桑原** 父、清国留学のため、敦賀の母方で育てられる	
1908			**アラン**『アランのプロポ101選』
1909	伊藤博文暗殺	**桑原** 父、京都帝国大学教授となり、京都に移り住む	

1910	大逆事件、韓国併合、『白樺』創刊		
1911	辛亥革命、第三次日英同盟協約、『青鞜』創刊	**桑原**京都市立第一錦林小学校入学 **三好**大阪の実家に戻り、西区靭尋常小学校5年に転入	
1912	中華民国成立		
1913	孫文、日本へ亡命	**三好**3月、小学校卒業。1年ほど家業を手伝う	
1914	第一次世界大戦（〜1918）	**三好**4月、大阪府立市岡中学校に入学 先輩の影響で俳句を作り始める	**アラン**、志願兵として対独戦の前線に立つ決意を固め、志願を届け出る。重砲第三連隊に配属。戦火の中で原稿を書く
1915	対華二十一ヵ条要求	**三好**9月　学資が続かず中学を二年で退学、大阪陸軍地方幼年学校に入学。「ホトトギス」を読む	**デューイ**『ドイツの哲学と政治』出版
1916			**デューイ**『民主主義と教育』・『実験的論理学講義』出版
1917	ロシア革命	**桑原**錦林小学校卒業　京都府立京都第一中学校入学	**アラン**、気象観測隊に配置変更。『芸術の体系』の原稿を書く
1918	シベリア出兵（〜1922）、米騒動　原内閣成立	**三好**7月同校卒業、東京陸軍中央幼年学校に入学	
1919	五四運動（中国） ヴェルサイユ条約		**デューイ**、1月、日本船春洋丸でサンフランシスコから日本へ。2月、東京帝国大学で計8回の講演。その他、慶応、早稲田大学などで講演、不評。4月、中国へ

1920	国際連盟設立	**桑原**始業式当日発熱、肺尖カタルで一年間休学 **三好**陸軍士官学校に入学。俳句は千句を超えた	**アラン**『諸芸術の体系』、**デューイ**『哲学の再建』
1921	ワシントン会議（〜22） 『種蒔く人』創刊	**三好**陸軍士官学校を中途退学。家業の再建を計って働くが父と意見が合わず、一時、神戸の叔母宅に身を寄せる。家業破産、父は家出	
1922	イタリア、ファシスト政権成立	**桑原**4月、中学4年修了で、第三高等学校文科丙類入学 三好達治と出会う **三好**4月、第三高等学校文科丙類に入学　桑原武夫と出会う **鶴見**6月25日東京市麻布三軒家町53番地に生まれる	**アラン**『美についてのプロポ』
1923	9月、関東大震災		オグデン・**リチャーズ**共著『意味の意味』
1924	第二次護憲運動、築地小劇場完成		**リチャーズ**『文芸批評の原理』
1925	3月、治安維持法、普通選挙法成立	**桑原**3月　第三高等学校卒業 4月京都帝国大学文学部文学科（フランス文学専攻）入学 **三好**3月　第三高等学校卒業 4月東京帝国大学文学部仏文科入学	**アラン**『幸福論』
1926	蒋介石、北伐開始（〜28）	**三好**4月、三高出身の梶井基次郎、外村繁を中心に前年創刊された「青空」同人となる	
1927	4月、金融恐慌、山東出兵（〜28）		**アラン**『デカルト論』『思想と年齢』『音楽家訪問』
1928	3月、第一回普通選挙、6月、張作霖爆殺事件、パリ不戦条約	**三好**3月、東京帝国大学卒業。書肆アルス社に就職、同書店破産で退職。翻訳に専念 **桑原**3月　京都帝国大学卒業、大学院進学 4月　大谷大学予科教授（１９３０年まで）	

1929	世界恐慌	**鶴見**4月　東京高等師範学校附属小学校入学 4月13日　祖父後藤新平死去 **桑原**9月　第三高等学校常勤講師（～１９３１年３月）	**デューイ**『経験と自由』 **リチャーズ**『実践批評』
1930	ロンドン軍縮会議	**三好**「作品」同人となる 12月『測量船』（第一書房）	
1931	9月、柳条湖事件（満州事変へ）、金輸出再禁止	**桑原**5月　父死去 5月　京都帝国大学文学部非常勤講師（～１９４２年３月） **三好**5月　梶井基次郎の創作集『檸檬』を淀野隆三と編纂し、刊行	**アラン**『芸術２０講』
1932	上海事変、血盟団事件、満州国建国宣言、五・十五事件	**桑原**3月　大阪高等学校フランス語科講師、 9月　大阪高等学校教授 **三好**フランシス・ジャムの影響で、四行詩を試みる	
1933	ドイツ、ナチ党政権成立、アメリカ、ニューディール政策。日本、国際連盟脱退通告。京都帝国大学滝川事件	**桑原**12月　アラン『諸芸術の体系』第十巻のみを『散文論』と題して翻訳、作品社より刊行	**アラン**『文学についてのプロポ』
1934	満州国帝政実施	**三好**10月、堀辰雄、丸山薫と『四季』創刊	**アラン**『政治についてのプロポ』 **デューイ**『経験としての芸術』
1935	天皇機関説問題	**鶴見**東京府立高等学校尋常科に入学	**アラン**『経済についてのプロポ』
1936	二・二六事件、日独防共協定	**桑原**5月スタンダール『カストロの尼』（訳、岩波文庫） **鶴見**7月、東京府立高等学校尋常科退学、9月、東京府立第五中学校に編入 **三好**『四季』15号（１９３６年２月刊）で同人制を確立、この時の同人に桑原武夫 8月号「文学界」の座談会「詩と現代精神に関して」に出席	

1937	7月盧溝橋事件 日独伊防共協定	**桑原** 4月　フランス、ソルボンヌ大学に二年間留学 **鶴見** 東京府立第五中学校退学、12月、渡米	
1938	4月、国家総動員法公布	**鶴見** 再度渡米、9月、マサチューセッツ州コンコードのミドルセックススクールに入学	**アラン**『宗教についてのプロポ』
1939	5月　ノモンハン事件 9月、第二次世界大戦勃発	**桑原** 1月19日、アランを訪問する 3月　アメリカを経由してフランスから帰国 **鶴見** 9月、ハーヴァード大学哲学科に入学 **三好** 詩集『艸千里』(四季社)	1月19日、**アラン**、桑原武夫の訪問を受ける
1940	9月　日独伊三国同盟締結、 11月大日本産業報国会創立 津田左右吉著書発禁		
1941	12月8日　日本軍マレー半島上陸、ハワイ真珠湾攻撃、日本対米英宣戦布告	**桑原** 5月、アラン『諸芸術の体系』の全訳を『芸術論集』と題して岩波書店より刊行 6月、『フランス印象記』(弘文堂書房)	
1942	6月5日、日本軍、ミッドウェー海戦で敗北	**桑原** 3月　京都帝国大学文学部講師を辞任 **鶴見** 3月、FBIに連行、東ボストン移民局に留置。同留置所内で卒業論文を書く。受理されハーヴァード大学卒業。ニューヨーク市エリス島移民収容所、メリーランド州ミード要塞収容所を経て、6月、日米交換船グリップスホルム号に乗船、アフリカのロレンソ・マルケスでの交換を経て、8月20日、浅間丸で日本に到着。8月25日、徴兵検査合格 **三好** 10月号「文学界」の「近代の超克」座談会に河上徹太郎、小林秀雄、菊池寛、亀井勝一郎、林房雄らと出席	
1943	イタリア降伏、カイロ会談、学徒出陣	**鶴見** 2月、海軍軍属通訳として、ジャカルタ在勤海軍武官府に着任 **桑原** 4月、『事実と創作』(創元社)	

	1944	1945	1946	1947
	7月サイパン島陥落	3月東京大空襲 4月米軍沖縄本島上陸 5月ドイツ降伏 8月6日広島に原爆投下 8月9日長崎に原爆投下 8月15日玉音放送 9月2日降伏文書調印 GHQの占領政策開始、 10月24日国際連合発足	1月1日「人間宣言」詔書、 3月アメリカ教育使節団、 4月坂口安吾『堕落論』、 戦後第1回の総選挙、 11月3日、日本国憲法公布 11月当用漢字（1850字）告示 第一回国民体育大会 極東国際軍事裁判開始	3月31日「教育基本法・学校教育法」施行 5月3日、日本国憲法施行
11月　東北帝国大学法文学部助教授（フランス文学）（〜1948年11月まで）	**桑原** 2月、アラン『デカルト』（野田又夫と共訳、筑摩書房） 4月、『回想の山々』（七丈書院） **鶴見** 胸部カリエスで二度手術を受ける。シンガポールで海軍第二通信隊勤務。12月、門司に帰還	**鶴見** 4月、横浜市日吉の軍令部の翻訳部署に勤務 6月腹膜炎が悪化、軍令部休職	**三好** 1月号『新潮』から4回にわたり「なつかしい日本」を執筆し、天皇の道徳的責任の追求批判にすすんだ6月号で連載中止 **鶴見** 雑誌『思想の科学』創刊 5月「言葉のお守り的使用法について」（『思想の科学』創刊号） **桑原** 『第二芸術―現代俳句について』（『世界』11月号） 「三好達治君への手紙」（『新潮』12月号） 12月、母、死去	**桑原** 5月、『現代日本文化の反省』（白日書院）

1948	4月1日ベルリン封鎖始まる 7月17日大韓民国樹立宣言 9月9日朝鮮民主主義人民共和国樹立宣言	**桑原**11月京都大学教授（人文科学研究所） **鶴見**11月、桑原武夫に招かれて、京都大学の嘱託講師になる	
1949	中華人民共和国成立、 下山・三鷹・松川事件 湯川秀樹、ノーベル物理学賞	**桑原**10月『現代フランス文学の諸相』（筑摩書房） **鶴見**京都大学人文科学研究所助教授に着任	
1950	朝鮮戦争（1953年休戦協定） 警察予備隊新設、金閣全焼	**桑原**5月、『文学入門』（岩波新書） 9月、『人間素描』（中央公論社） **鶴見**『アメリカ哲学』	
1951	サンフランシスコ講和条約・日米安全保障条約調印 （1952年発効）	**三好**2月河盛好蔵編『三好達治詩集』（新潮社） **桑原**6月、『ルソー研究』（共同研究、岩波書店） 10月『宛名のない手紙』（弘文堂、アテネ文庫） **鶴見**鬱状態になり、桑原武夫と相談の上、のち休職	**アラン**死去（83才）
1952	4月28日、GHQ廃止、 保安隊設置	**桑原**2月、『近代文学入門』（三笠書房、三笠新書） 3月、『文学と女の生き方』（生島遼一と共著、中央公論社） **鶴見**春、京都大学人文科学研究所に復職 **三好**6月、『詩を読む人のために』（至文堂） 8月、『新唐詩選』（吉川幸次郎との共著、岩波新書）	**デューイ**死去（92才）

年譜に関する参考文献

『桑原武夫集10』（岩波書店）
『現代思想』2015年10月臨時増刊号「総特集鶴見俊輔」（青土社）
『現代詩読本・三好達治』（思潮社、一九八五年）
鶴見俊輔『人類の知的遺産50デューイ』（講談社、一九八四年）
アラン著・長谷川宏訳『芸術の体系』（光文社古典新訳文庫、二〇〇八年）

あとがき

この本のもとになったのは、俳句グループ「船団の会」（二〇二〇年六月散在）の会誌『船団』の連載である。

三、四回で終わると思っていたのだが、調べたいことが次々と出て来た。結局、『船団』最終号まで、十一回にわたって書かせていただいた。「第二芸術」は講談社学術文庫では、二十ページ足らずのエッセーだが、気になる言葉の文脈をたどるだけでも、原稿用紙にして約三〇〇枚になった。この本では、できるだけ、これまで論じられなかった点について書いたつもりである。内容も分量も自由に書かせていただいたのは、「船団の会」代表であった坪内稔典氏の寛大なはからいによる。

周知の通り、坪内稔典氏は、二〇一〇年七月、第十三回桑原武夫学芸賞を受賞した。「第二芸術」を書いた桑原武夫の名を冠した賞を、はじめて俳人が受賞したのである。

坪内氏は、贈賞式で、「若い時は、第二芸術論に反発していたが、ある時から『待てよ』と思いだして、第二芸術論的なものをすべて俳句の基礎になるものとして引き受けた方が俳句は面白くなるのではと考えた」と述べ、「遊びとしての俳句の魅力」を説いた。（『日本経済新聞』二〇一〇年七月三一日、夕刊）坪内氏は、最近のブログ（坪内稔典の「窓と窓」）で、俳句は「談笑の場を開く芸」、句会は「談笑の場」だった、と書いている。

この本の中で、「第二芸術」は国語教育論でもある、と書いた。このような見方は、私が今日まで高等学校で国語科の教員を続けてきたことによるのかもしれない。

「第二芸術」では、桑原自身の子供が、国民学校で俳句を習ってきた話から始まり、最後に、「国民学校、中等学校の教育からは、江戸音曲と同じように、俳諧的なものをしめ出してもらいたい」と書かれている。この文章を、「国語教育論」として読むのは、ごく自然な読み方ではないだろうか。

もし、タイトルが「国語教育への提言」であったとしたら、俳人達は、あるいは冷静な読み方をしたのではないか、もっともこれほど話題にならなかったかもしれないが。

桑原なら、現在の、そしてこれからの国語教育について、どのように考えるだろうか。

俳句を「第二芸術」と言ってしまった桑原なら、こんな俳句を読んでどう批評するのだろうか。

いつの間に雨のにおいとクワバラ君　　　鈴木ひさし

桑原武夫は、近いところにいるような気がするのだが、……。

二〇二一年五月　　　　コロナ禍の大阪で

この本を書くにあたり、引用した書籍、論文については、文中に記した。また、この他にも各分野の多くの文献を参考にしたことを附記しておく。（本文中敬称略）

鈴木ひさし
1957年熊本県生まれ
1999年～2020年6月（散在まで）俳句グループ「船団の会」会員
日本近代文学会、日本国語教育学会、現代俳句協会各会員
大阪外国語大学卒業後、大阪府立高校教員
2007年3月、佛教大学大学院文学研究科（国文学専攻）修士課程修了
（修士論文、「「ある」ものとしての「自然」・「ある」ものの「写生」—
夏目漱石『道草』に見る自然と風景描写」）
2010年4月～2018年3月、大阪府立高校指導教諭（国語科）
2021年現在も高校教員

桑原武夫と「第二芸術」
— 青空と瓦礫のころ —

2021年6月3日 発 行　　定価＊本体1500円＋税
著　者　　鈴 木 ひ さ し
発行者　　大 早 友 章
発行所　　創 風 社 出 版
〒791-8068 愛媛県松山市みどりヶ丘9－8
TEL.089-953-3153　FAX.089-953-3103
振替 01630-7-14660　http://www.soufusha.jp/
印刷　㈱松栄印刷所　　製本　㈱永木製本

　ISBN 978-4-86037-305-4